怪物大師人物介紹

CREATE FROM LEON IMAGE

BUBURO
布布路

從小與守墓人爺爺一起生活在墓地，因為父親的各種負面傳言，一直受到村裏人排擠，但布布路從不自卑，內心深處相信自己的父親是一位了不起的人物。為了實現自己的夢想以及尋找失蹤父親的消息，他毅然離開家鄉，前往摩爾本十字基地，參加怪物大師預備生的試煉。

關鍵詞：單細胞動物、樂觀、熱血

CREATE FROM LEON IMAGE

SELINA
賽琳娜

出生商人世家的大小姐，卻一點都沒有大小姐的架子，與布布路一樣來自「影王村」，個性豪爽，有點驕傲，對待布布路一視同仁，從不排斥他，只因為她更在乎的是推廣家裏的生意。賽琳娜的目標是收集世界上所有類型的元素石，並熟練掌握這些元素石的運用。

關鍵詞：大姐頭、敏捷、愛財

CREATE FROM LEON IMAGE

DICKY
帝奇‧雷頓

臉上總是掛着陰沉表情的瘦小男生。帝奇的存在感薄弱，不注意看的話就找不到人了，但是他身邊跟着一隻非常招搖拉風的怪物——成年版的「巴巴里金獅」。對於是非的判斷他有自己的準則，不太相信別人，性格很「獨」。

關鍵詞：豆丁、酷、毒舌

CREATE FROM I

JIAOZI
餃子

在去往摩爾本十字基地的路上，勾搭認識上布布路，戴着狐狸面具，看不出喜怒哀樂，從聲音來聽，似乎總是笑嘻嘻的，高調宣揚自己身無分文，賴着布布路騙吃騙喝，在招生會期間對布布路諸多照應。

關鍵詞：狐狸面具、神祕、圓滑

冒險、正義、財富、祕寶、名譽……

富有志向的人們啊，

用心發出聲音吧，

召喚那來自時空盡頭的怪物，

賭上所有的「夢想」、「勇氣」、「自尊」，甚至「性命」，

向着成為藍星上最傳奇的——怪物大師之路前進吧！

【目錄】CONTENTS
《猩紅森林的守衛者》

Especially written for kids aged 9 — 14 （專為9-14歲兒童製作）

● 【扉頁彩圖】ART OF MONSTER MASTER
● 人物介紹：布布路 / 賽琳娜 / 餃子 / 帝奇

MONSTER MASTER
「怪物大師」無盡的冒險
The Guardians Of Scarlet Forest

怪物大師最愛珍藏

SECRET GAME
MONSTER WARCRAFT
（隨書附贈「怪物對戰牌」）

穿透文字的「堅強」與「感動」！

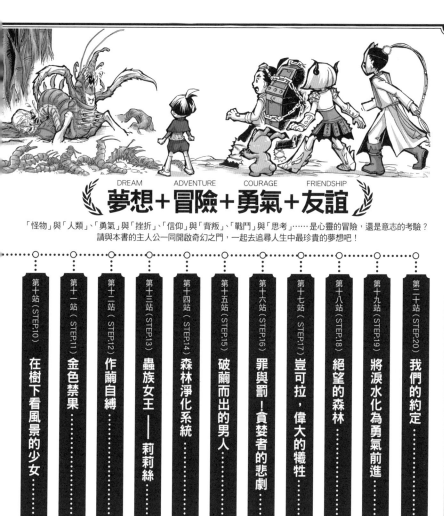

DREAM　ADVENTURE　COURAGE　FRIENDSHIP

夢想＋冒險＋勇氣＋友誼

「怪物」與「人類」、「勇氣」與「挫折」、「信仰」與「背叛」、「戰鬥」與「思考」……是心靈的冒險，還是意志的考驗？
請與本書的主人公一同開啟奇幻之門，一起去追尋人生中最珍貴的夢想吧！

把世界的謎團串起來！
MELODIES OF LIFE

這裏是獨一無二的腦細胞幻想地帶，孩子們其樂無窮的樂園。
每部一個繪膽故事，它們以神祕莫測的魔力，俘虜着人們的好奇心。
有人說，唯一的抵抗方法，就是閱讀——
請翻開這本書吧，讓人心動的世界正在向你招手……

愛 與 夢 想 的 「 新 世 界 冒 險 奇 談 」！

引子

CREATED BY LEON IMAGE
LOVE & DREAMS

森林可能是紅色的嗎？
MONSTER MASTER 4

從高聳的瞭望塔上向山谷深處眺望，可以看到一片醒目的猩紅色在搖動。這艷麗的紅一直蔓延到天邊，與大朵大朵的火燒雲連在一起。

這是一片生長了數萬年的森林，隨着歲月的變遷，漸漸染上了詭異的紅色，再沒有人記得它原來的樣子……

愈神祕的地方，愈能激起人的好奇心和征服欲。那些生活在這裏的孩子，都想勇闖猩紅森林，成為所有人口中的傳奇。

這一天，又有幾個好奇心旺盛的小孩來到森林邊緣。

其中個子最小的男孩不安地問：「我們真的要進去嗎？為甚麼森林會變成紅色呢？真奇怪啊⋯⋯」

最強壯的男孩興奮地握緊拳頭：「嘿，紅色是勇士的顏色！我爸說過，戰爭的花朵都是被勇士的血澆灌出的！你要是膽小，就乖乖地待在這裏等我們探險回來！」

唯一的女孩撇撇嘴：「我們趕緊吧，趁着還沒被村裏的大人發現，要不然，被逮住後一定會⋯⋯」

「一定會怎麼樣？」一個低沉而不悦的聲音從幾個孩子的背後傳來。

最強壯的男孩下意識地接口道：「一定會被擰耳朵！啊，疼——」

「嗚哇，好疼！」幾個小孩耳朵一緊，一個個嗚哩哇啦地哀求道：「奴達婆婆！您饒了我們吧！」

「榮格！這回又是你帶的頭吧？你想讓我把這件事告訴首領嗎？」身材矮小又精幹的老太婆毫不客氣地用手中的拐杖敲着最強壯的男孩的頭。

儘管男孩是村子裏的孩子王，有最屬害的拳頭，最靈活的身手，但他對這個凶巴巴的老太婆可是怕得要死。

而且一想到老太婆要找當首領的父親告狀，自己肯定又會挨一頓板子，男孩不服氣地辯解道：「甚麼呀！你們大人就會說不許我們來這片森林，這片森林裏到底有甚麼？你們為甚麼總是不願意清楚地告訴我們？」

老太婆歎了口氣，神色凝重地望着眼前這片火紅的森林：

「這森林裏有『毀滅魔王』！」

「奴達婆婆，您又想説自個兒編的恐怖故事嚇我們吧？不過我們已經不是三歲小孩，才不會上當呢！」

「就是，這世界哪來的毀滅魔王啊？都是騙人的！」

「奴達婆婆，騙人！騙人！」

孩子們可不相信，圍着老太婆七嘴八舌地嚷嚷。

老太婆那雙渾濁的老眼緊緊地注視着幾個孩子，直到他們在她陰森森的眼神下乖乖閉上嘴巴，她才用手裏的拐杖使勁兒敲了敲地面，語氣沉重地説：「自古以來，我們一族就有個傳説，毀滅魔王自混沌中產生，它盤踞在猩紅森林深處，興風作浪，最終吞食惡果，沉睡地下。但這片森林也從此淪為了不祥之地。當魔王蘇醒時，災難將再度降臨，到時，人間變成煉獄，生靈塗炭，血流成河……」

孩子們被老太婆描繪出的血腥場景震懾住了，一個個哆嗦着雙腿，目光順着老太婆的視線再度投向猩紅森林。

嘩──起風了！凜冽的風颳過樹梢，猩紅的枝葉隨風擺動，好似一片血色海浪在翻滾。

老太婆慢慢抬起手中的拐杖，指着森林，用前所未有的嚴肅口吻告誡這幾個孩子：「只要我們一族存在一天，我們就是這片森林的守衛者，一旦毀滅魔王開始蠢蠢欲動，我們就要誓死與它鬥爭到底！記住，這是我們的責任，也是我們的榮耀！」

猩紅森林的守衛者

MONSTER MASTER 4

新世界冒險奇談

第一站 STEP.01

森林守衛者的信函

MONSTER MASTER 4

亂糟糟的登場

「交給你了，布布路！」

一個背着與他等身高棺材的男孩被推到了一個巨大的黑暗洞口前。

叫布布路的男孩皺着眉頭，不情願地往洞口探了探頭，一股充滿腥臭的潮濕大風從洞穴深處吹了出來，讓他下意識地捂緊了鼻子。

可惜，捂住了鼻子，堵不住耳朵，緊接着就從裏面傳來一陣

陣打雷一般的聲音：轟隆隆……轟隆隆……

「嗯！大姐頭，餃子，我一定要去嗎？」布布路回過頭，用可憐兮兮的眼神望着身後的兩個同伴 —— 一個穿着手工盔甲的金髮女孩和一個戴着狐狸面具的長辮子少年。

沒想到，兩人齊齊伸出雙手，在他背後用力一推，異口同聲地大喊道：「快去！」

布布路耷拉着腦袋，不情願地往洞口挪動腳步，這時，另一個聲音冷冷地說：「慢着。」

布布路雙眼發亮地回過頭：「帝奇！哇 ——」

一把巨大的牙刷正對着布布路的鼻尖，把他嚇了一跳。

「你忘了這個。」穿着紅色斗篷的小個子男孩面無表情地看着他。

原來這第三個同伴也不是來解救他的啊，布布路一下子就像泄了氣的皮球，認命地扛起那把牙刷，踏入了洞穴！

啊，布布路為甚麼要扛着牙刷進洞穴？他到底在幹嗎啊？

好吧，用戴狐狸面具的少年的話來說就是 ——

「真是大材小用啊！堂堂摩爾本十字基地的怪物大師預備生，居然只能做給怪物刷牙的工作！」

沒錯！布布路現在正站在一隻巨大的怪物嘴裏 —— 這是基地對他們的懲罰！誰讓他們四人之前出任務時大禍小禍闖了一大堆呢。

「丟人啊，真是太丟人了！出了兩次任務，結果一個學分都沒拿到！只能在這裏給怪物洗澡、刷牙、剃毛……哦哈哈！」一

個路過的預備生幸災樂禍地對他們一陣嘲笑，更讓人厭惡的是，他的臉上居然還掛着兩條鼻涕。

叫賽琳娜的金髮女孩開始握拳頭，要知道「大姐頭」稱呼可不是白叫的，在家鄉她可是公認的孩子王，對付這種不懂禮貌的傢伙，最好的辦法就是賞他一拳頭！

「我說，這位客人，您的怪物如果不需要服務，就請走開！別妨礙我們工作，我們導師正透過那邊的蜂眼監視着呢！」餃子笑着說，狐狸面具下誰也看不清他的表情。

故意來找麻煩的男生用力吸了吸鼻涕，下意識打了個寒顫。

此時碧空如洗，萬里無雲，十字星形的建築物裏一片喧鬧，怪物大師預備生們成羣結隊地趕着去上課或出任務，唯獨廣場上的這一角，空氣似乎凍結了。

鼻涕男生心有餘悸地瞄了眼不遠處的那座黑漆漆的雕像，根據討厭的狐狸面具所言，上面架了蜂眼……真的嗎？

他的疑惑在留意到雕像的頭部在陽光的反射下，叮地閃出一道光亮後，獲得了肯定的答案。

一想到基地的導師正監視着他們的一舉一動，鼻涕男生換了個態度，故作鎮靜地說：「我的怪物需要口腔護理、洗澡……以及修爪子，這是二十盧克。」

說着，他指了指身後那隻渾身沾滿了烏黑泥巴的小形沼澤鱷。

賽琳娜挑了挑眉頭，考慮要不要召喚自己的怪物水精靈，用一招「高壓水柱」把這隻髒兮兮的怪物連同它討厭的主人一沖

而去。

這時，另一股混合着胃酸和腐爛菜味的臭氣從賽琳娜身後傳來——

「大姐頭，須磨大廚最近一定是給科森餵菜了，它的牙齒上都是綠渣渣，不過我已經幫它清理乾淨了！」原來是布布路扛着牙刷，鑽出了巨形科森翼龍的嘴巴。

「吼吼——」科森翼龍甩着尾巴，看起來高興極了。

布布路摸摸它的頭，似乎跟它成了好朋友。

科森翼龍是尼科爾院長的怪物，十字基地資格最老的怪物之一，幾乎從不跟其他人親近，現在竟然跟布布路相處融洽，不禁令人瞠目結舌。

要成為怪物大師的人，必須和怪物配合無間，換句話說，和怪物交流是每個預備生的必修課。鼻涕男生看到這一幕，酸溜溜地說：「哼，沒想到惡魔之子還挺有才能的嘛！」

「噢，是這樣嗎？我也是剛剛才發現，原來我有幫怪物剔牙的天分！」布布路渾身上下都散發出被誇獎的耀眼光芒，絲毫沒有明白對方話中的真實意思。

「喂！鼻涕蟲！」受不了布布路的傻天真，帝奇涼颼颼地出聲了，他身邊高壓水泵的開關不知何時被擰開了，只見他一隻腳踩在皮水管上，身後的皮水管膨脹着鼓出了一個小皮球，眼看就要不堪重負。

帝奇那像冰刃般的目光讓鼻涕男生猛打了個哆嗦，他還來不及後退半步，嘭的一聲，皮水管飛到了半空中，水柱如子彈

一樣噴射而出，咆哮的水花令鼻涕男生和沼澤鱷哀號着抱頭鼠竄，逃之夭夭了。

帝奇無視布布路三人下巴都要掉下來的表情，面無表情地關上水泵開關。

不愧是琉方大陸上赫赫有名的賞金王‧雷頓家族的繼承人，即便身形就像豆丁一樣不起眼，但做起事來卻雷厲風行。

餃子不禁豎起大拇指：「厲害！」

「你這樣做雖然很解恨，但後果很嚴重！」賽琳娜悄悄對帝奇指了指那座裝了蜂眼的雕像。

帝奇不以為然地走開。

餃子在一邊弱弱地舉手：「那個……大姐頭，裝蜂眼甚麼的是我騙那個傢伙的……」

甚麼？居然連她也順便被騙了！賽琳娜瞪過去，這三個同伴──一個太沒腦子，一個太冷漠，還有一個太滑頭……一種無奈的乏力感油然而生……

報 信鳥的加急信函

「啦啦啦……剪一簇毛，剪兩簇毛，剪三簇毛，看我把你的雜毛剪光光……啦啦啦……」

布布路揮舞着手裏的剪刀，一邊給怪物剪毛，一邊哼唱着自編的歌曲，遺憾的是，他發現自己似乎一個音節都沒落在調子上。

忍耐、忍耐、忍耐……

在布布路第六次重複同樣的歌詞後，帝奇忍無可忍地發飆了——

「閉嘴，難聽死了！」

布布路靜音，用深受打擊的眼神望着帝奇。

賽琳娜和餃子雖然覺得布布路挺可憐的，但帝奇的話也代表了他們的心聲。

這時，一團火球嗖地從四人眼前掠過，緊接着，另外一個毛茸茸的影子也一下子從樹蔭底下躍出，朝着那團火球追去。

「四不像！」布布路驚叫起來：「你在幹甚麼？」

這個看起來像生了鏽一般難看的傢伙正是布布路的怪物——四不像！除了樣子怪、脾氣差、好吃懶做和喜歡咬人之外，布布路暫時還沒發現這個怪物有甚麼值得稱讚的優點。

四不像舉起爪子底下揪着的東西向眾人炫耀：「布魯！布魯！」

那團火球的真面目原來是一隻圓滾滾的紅色小鳥，它轉動着烏溜溜的眼珠子，膽怯地看着大家，拚命抖動着身後的赤紅尾羽。

　　「四不像，不許吃它！也不許欺負它！」布布路趕緊衝過去解救這隻無辜的小鳥。

　　「布魯！」被劫走「玩具」的四不像氣憤地咬向布布路的手指，一點也沒把他當作主人的樣子。

　　「哇，痛！」布布路一甩手，將小鳥扔給一旁的帝奇。

　　重獲自由的小鳥噗地從嘴裏吐出一封信來，逃命一般地飛走了。

　　帝奇只用兩個手指就接住了那封信。

　　賽琳娜目送着小鳥如弧線一樣遠去的身影，驚喜地說：

「哇，是一隻報信鳥！」

「大姐頭，報信鳥是甚麼？」布布路好不容易抓住了四不像，湊過來好奇地問。

「這種鳥的飛行速度非常快，方向感也很準確，所以通常被人們用來傳遞緊急信函。」賽琳娜簡要地解釋完，轉頭問帝奇：「豆丁小子，誰給你寫的信？」

「不是我的信。」帝奇不滿地瞥了一眼賽琳娜，他對這個綽號敬謝不敏。

賽琳娜對帝奇的「眼刀」視若無睹，她的興趣都在那封信上，因為那寫在信封上的猩紅色字體實在是太刺眼了！

　　致科娜洛女士

　　　　　　　森林守衛者敬上

「原來是科娜洛導師的加急信函，走，我們趕緊把信送過去！也許有甚麼急事發生了！」賽琳娜拖着帝奇拔腿就走。

餃子立刻屁顛屁顛地跟上來，期待地說：「嘿嘿，希望看在我們為她跑腿送信的分上，科娜洛導師會願意幫我們跟雙子導師求個情，這樣我們就不必再給這些怪物當保姆了……喂，布布路，帶上你的怪物快跟上！」

科 娜洛導師的交易

四人進入基地東面的塔樓，科娜洛導師的辦公室兼住所就在這兒。

還沒進門，就聽到裏面傳出「咕嚕嚕 —— 咕嚕嚕 ——」的聲音，不用想也能猜到，科娜洛導師一定又在折騰甚麼新型藥劑實驗了。畢竟她可是十字基地裏專門的藥劑專家，負責教授預備生們有關藍星上各種奇妙動植物的理論知識和應用知識。因此，她的房間裏總是擺滿了各色各樣的草藥盆栽，還有栩栩如生的動物標本，以及用瓶瓶罐罐裝着的內臟器官等。

每次進去之前，大家都要花上十秒鐘做一下心理建設：不要亂瞟！不要亂動！交完信就撤！

好，行動！

賽琳娜敲了敲門，隨着一聲尾音上翹的「進來」，賽琳娜小心翼翼地推開門，一股刺鼻的氣味猛地躥入鼻子內，四人的臉一下子綠了……

科娜洛正愉快地攪拌着桌上的坩堝裏的東西。裏面也不知道在煮甚麼，看上去就是一團黏糊糊的白堊色泥巴在翻滾。

「哎呀呀，你們來得正好，嘗嘗我新調製的飲料！」科娜洛將坩堝裏那團噁心的「泥巴」撈出來，裝進四個燒杯裏，笑眯眯地遞給大家。

這種飲料喝下去一定會讓人肚子裏翻江倒海，半死不活！嗚，他們才不想喝呢！

就在餃子三人抽着嘴角，苦苦思索要如何回絕的時候，布布路已經拿起燒杯一口飲盡。

哇哦，真是勇於嘗試新鮮事物的「英雄」！

大家都好奇地等待着布布路的反應。

「呃——」布布路打了個嗝，咂了咂嘴說：「很特別！有點像我爺爺的大皮靴的味道⋯⋯」

這下更沒有人想嘗試了。

賽琳娜趕緊將信遞給科娜洛：「對了，科娜洛導師，你的報信鳥錯把信送給我們了。」

科娜洛的注意力立馬集中到信上，激動地說：「噢，老天，他們總算來信了！」

帝奇趁機把剩下的三隻燒杯塞進了旁邊的櫃子裏。

科娜洛讀完信後，皺眉對布布路四人說：「我有件事要拜托你們。半年前，我預訂了一批珍貴的實驗試劑，現在終於有貨了，但是我走不開，你們能幫我取回來嗎？」

「好呀⋯⋯」布布路剛要答應就被餃子捂住了嘴。

「科娜洛導師，幫您跑一趟自然沒有問題，只不過——」餃子裝模作樣地說：「雙子導師要我們做的怪物美容工作⋯⋯」

科娜洛立刻擺擺手：「我會跟他們說，免掉這項工作！」

「那就太謝謝您了！」餃子心花怒放。哈哈，終於可以跟那些又醜又髒的怪物說再見了！

接着，他又搓着雙手試探地問：「關於路費方面⋯⋯」

「放心，我不但會給你們路費，任務完成後還有報酬，不

過 ——」科娜洛話鋒一轉，皺起眉頭，嚴肅地說：「要是你們沒有順利完成任務，學分就危險了。所以，絕對不許再出意外！」

「好的！好的！」聽到有報酬，餃子兩眼放光，一個勁兒地點頭。

布布路突然指着信上的署名，好奇地插話道：「科娜洛導師，森林守衛者是甚麼？」

「等一下！」科娜洛一陣翻箱倒櫃，從一堆雜物中抽出一張皺皺巴巴的地圖，指着上面標示一段白色龍骨和一片紅色樹林的部分解釋道：「你們知道琉方大陸上最有名的煉金師族 —— 赫爾墨一族嗎？他們世世代代居住在『北之黎』南面山脈深處的龍骨谷。谷地裏有一片歷史悠久的森林。他們將這片森林視為神聖之地，並自稱為森林守衛者。你們要去的地方就是這裏。」

「赫爾墨一族？」賽琳娜吃驚地接過地圖：「據我所知，十影王之一的阿爾伯特就是來自這一族。聽說他擁有的第五元素系怪物『禦刃』可以吸收別人受的傷，替對方療傷，而且在戰鬥中它又能將這種傷釋放到敵人身上，這是一種非常神奇的能力！」

「哇！好厲害！」布布路興奮得直拍手，他從小就特別崇拜怪物大師，尤其是歷史上最有名的十影王。

「不光如此，阿爾伯特還是歷史上相當有名的煉金師，他的煉金術水準登峯造極，世人尊稱他為『赤色賢者』。」賽琳娜繼續為布布路灌輸新知識。

「那煉金術是甚麼？」對於新名詞，布布路一頭霧水。

賽琳娜耐着性子解釋道：「煉金術是指利用各種元素石淬

煉東西。通常追求的目的有三種：第一種是點金石，簡單來說，就是點石成金；第二種是長生不老藥，那是一種可以讓你不老不死的神祕藥劑；第三種是功能性酊劑，可以在一段時間內讓人擁有某種特別的能力，比如隱身，或者強化身體的某個部位等。」

「完全正確！」科娜洛讚賞地鼓掌。

賽琳娜反而有些不好意思了。由於家裏是做礦石生意的，從小她就對各種礦石十分感興趣，也讀過不少與煉金術相關的書籍，所以不免充滿憧憬地說：「沒想到居然有機會去阿爾伯特的家鄉，真是太棒了！」

餃子心裏的小算盤撥得飛快：嘿嘿，點金石……聽來很不錯嘛！

「哇！哇！太棒了！」布布路一臉嚮往地抱着四不像在原地轉起圈來。

「科娜洛導師，您放心吧，我們一定會竭盡所能完成任務！」三個人信誓旦旦地保證道。

帝奇在邊上無聊地打了個哈欠。

此刻沉浸在興奮中的他們並不知道，這項看似普通的跑腿任務，將會把他們推向死亡邊緣……

猩紅森林的守衛者
MONSTER MASTER 4

新世界冒險奇談
第二站 STEP.02

煉金師──赫爾墨族
MONSTER MASTER 4

霧中的龍骨谷

　　「煉金師非常神祕，他們晝伏夜出，月圓之夜會發出詭異嘯聲……噁!」顛簸的甲殼蟲裏，餃子抱着一個大紙袋，一邊暈車，一邊不忘講故事。

　　「只在月圓之夜嗎?」布布路急切地問。

　　駕駛甲殼蟲的賽琳娜忍不住揭穿真相:「布布路，你也太好騙了吧?他說的明明是狼人傳說!」

　　「誤會!」餃子一本正經地解釋說:「剛剛是我記錯了，煉

金師其實都長得很矮，他們住在地底下，每天都在那裏搗鼓鍋子，把各種東西丟進去煮，甚麼毒蟲啊，毒蛇啊，毒草啊……」

布布路聽得張大嘴巴：「哦，聽上去好難吃，煉金師的口味可真怪……」

「笨蛋！」假寐中的帝奇睜開眼，冷冷地哼了一聲：「那是巫師。」

餃子嘿嘿傻笑，趕緊轉移話題：「哎呀，太陽都要落山了，怎麼還沒到龍骨谷？」

「你再胡說八道一會兒，我們就到了。」賽琳娜操縱着甲殼蟲轉了個彎。

前方不遠處出現了一處裂開的山谷，由於渾濁的霧氣繚繞，大家也看不清楚山谷到底有多深。

「布魯！布魯！」四不像忽然皺着臉，不安分地大叫起來。

布布路嗅了嗅鼻子，做出和四不像同樣的表情：「啊，好難聞！」

愈往前開，霧氣愈濃，甲殼蟲顛簸得也愈厲害，其他三人很快也聞到了一股刺鼻的氣味。

「這到底是甚麼味？真讓人受不了！」餃子捏着鼻子怪聲怪調地問。

他的話音剛落，甲殼蟲劇烈地震了一下，四人屁股離開座位彈到半空，旁邊的懸崖近在咫尺，大伙兒的心頓時提到了嗓子眼。

「這裏的路況太差了，你們坐穩點兒，小心不要被甩出去！」

賽琳娜努力把持着方向盤，穩住甲殼蟲。

前方的一團濃霧聚成了一個黑影，向他們衝來。

賽琳娜猛踩剎車，甲殼蟲發出緊急又刺耳的聲響，險險停在懸崖邊，而他們放在車屁股後的一個行李包卻和泥土石塊滾落進了深不見底的霧靄中，瞬間消失得無影無蹤。

四人滿頭冷汗，心驚膽戰地從甲殼蟲上爬下來。

一個穿着灰袍的中年大叔走上前來，滿懷歉意地說：「不好意思，我嚇到你們了。」

「何止是被嚇到，簡直快被嚇死了！還害得我們連行李都掉了！」餃子湧到喉嚨的酸液又被吞回肚子裏，他噁心得直吐舌頭。

「抱歉，我會賠償你們的行李損失。你們幾個來這裏做甚麼？這裏可不是遊玩的地方……」大叔顯然把布布路他們當成了結伴出行的觀光客。

「大叔，您又為甚麼一個人待在這裏呢？」帝奇警覺地反問道。

「哦，我在等人，所以見到有人來，就激動地迎上來了！對不起啊！」大叔再度道歉。

「算了，不是甚麼值錢的東西，就是一些換洗的衣服和一個卡卜林毛球而已。」賽琳娜豪氣地擺擺手，隨即從口袋裏掏出地圖，指着龍骨谷的標記詢問道：「大叔，我們要去龍骨谷辦事，請問您知道怎麼走嗎？」

大叔的眼睛一亮：「這是科娜洛女士的地圖吧？」

「您怎麼知道的？」緩過一口氣的餃子戒備地問。

「因為這張編號『338』的地圖就是我送給科娜洛女士的。我叫榮格，是代表全體村民來龍骨谷谷口迎接科娜洛女士的人。你們……你們應該是摩爾本十字基地的學生吧?」說到這裏，大叔迫切地問:「科娜洛女士呢?是不是隨後就到?」

餃子的態度立刻大變，耐心地解釋說:「因為十字基地近期事務繁忙，科娜洛導師無法親自前來，所以由我們四個優秀的怪物大師預備生替她來取那些預訂的實驗試劑……」

「甚麼?她不能來?」餃子還沒自誇完就被榮格打斷了，他憔悴的臉上顯出了一絲失望。

留心到這一點的餃子和賽琳娜對視一眼，這位大叔難道有甚麼難言之隱嗎?

榮格很快就調整好情緒，客氣地邀請大家跟他一起前往赫爾墨村落。

榮格將布布路四人帶到一處峭壁前，這裏搭着一條索道，直通向濃霧的深處，索道下面吊着一輛看起來相當古老的纜車:「這是通往村莊的唯一途徑，你們可以把甲殼蟲停在谷口。」

「哇!居然能在絕壁上建纜車，太了不起了!」賽琳娜驚歎，這一定需要相當了不起的技術，不愧是赫爾墨一族!

「噢!好高!好酷!」布布路與四不像興致勃勃地往車上一跳，對赫爾墨一族佩服得五體投地。

帝奇掏了掏耳朵，似乎嫌布布路有點吵。

餃子踮起腳，小心翼翼地跨入纜車內，沒辦法，他不僅暈

車，還畏高啊！

「孩子們，站穩了，我們出發了。」纜車在榮格熟練的操縱下，穩穩地向霧中駛去。

「布魯！」四不像突然跳到纜車頂上，朝着前方激動地叫了起來。

布布路循聲看去，濃霧漸漸轉淡，山谷的對面依稀可見一座村莊，但令人感覺毛骨悚然的是，那包圍在村莊後頭的森林竟然被一大團血紅色所籠罩。

「大叔，那森林是怎麼回事啊？」布布路不由自主地深吸了一口氣。

榮格的目光變得深沉，低聲道：「那是我們的聖地 ── 猩紅森林。」

猩紅森林？光聽名字就覺得超詭異的！

「你們說，那片森林是不是因為吸了太多的人血，所以才⋯⋯」餃子扭頭跟其他三人耳語。

「你不要胡說八道，好不好？」賽琳娜起了一身的雞皮疙瘩。怎麼有森林是猩紅色的呢？她也想不出甚麼合理的解釋。

連帝奇也扭過頭，似乎不願再盯着那片詭異的紅色。

沒有人再開口說話。周圍一下子安靜得讓人害怕，他們仿佛進入了死寂之國，只有各自的呼吸聲，以及纜車滑過索道發出的咯吱咯吱的聲音清晰可辨。

赤色煉金師 —— 費奇諾

隨着纜車慢慢滑行，村莊已經近在眼前。

賽琳娜忍不住小聲驚呼道：「天哪，這真是人類居住的地方嗎？」

「小姐，你的話聽起來可不太禮貌。」榮格打趣道。

不過，也不能怪賽琳娜大驚小怪，實在是眼前的情景太過詭異了——

白森森的骨頭架構而成的建築物，上面還殘留着斑駁的痕跡，就好像被一羣野獸啃噬過一般，令人觸目驚心。村子裏到處都裝飾着動物頭骨，一座黑漆漆的高塔屹立在村尾，滾滾濃煙從烏黑的煙囱中冒出，將那一片天空染得暗沉沉的。

就算是科娜洛導師的「變態」辦公室，相比於這裏也是小巫見大巫了！

就在四人心裏七上八下的時候，咔嗒一聲，纜車停住了。

榮格轉頭對他們說：「孩子們，我們到了。」

布布路幾人勉強扯了個笑容，跟着榮格下了纜車，只是他們剛踏入村子，一大羣神色焦慮的人就擁了過來，迅速將他們包圍住了。

「你們好。」布布路熱情地向眾人揮手。

可是並沒人理他，所有人都緊盯着榮格，似乎在焦急地等待着甚麼。

餃子警覺地往布布路身邊靠了靠，不動聲色地拉下他的手。

「這些都是我的族人，他們沒有惡意，只是很少見到外人。」榮格連忙做起介紹，他又指着布布路四人對村民說：「這幾個孩子是摩爾本十字基地的怪物大師預備生。」

一聽十字基地的名號，村民們一改之前病懨懨的樣子，一個個都仰着脖子打量着布布路四人。

　　為首的高大青年目光尤為犀利，他留着一頭火紅色的頭髮，五官看上去十分刻板，給人一種強烈的壓迫感，衣服居然是用狐狸、鱷魚和熊這三種獸的皮縫合而成的袍子。除此之外，最引人注目的是，他的背上還趴着一個孩子。這孩子的五官幾乎和他長得一模一樣，只是年紀很小，大概和布布路差不多。

　　「這是費奇諾，我們族裏最厲害的煉金師，我們都叫他赤色煉金師。」榮格特別介紹了這位特別的青年。

　　「你們好，歡迎來到赫爾墨村。」費奇諾背上的孩子嘴巴開開合合，發出了聲調古怪的聲音，雖然嘴角在微笑，眼神卻有些冰冷。費奇諾則一臉嚴肅地向四人伸出手，布布路立刻握了上去。

　　「你的手臂……」布布路看了看費奇諾的右手臂，又看了看自己，驚歎道：「哇，竟然比我的腰還粗！」

　　「小傢伙，你的手勁也不小。」費奇諾笑了笑，這讓他看上去和藹不少：「啊，對了，各位如果有任何關於煉金術方面的問題都可以問我！」

　　看起來費奇諾的為人比他的長相親切多了！

　　賽琳娜立刻興致勃勃地問：「聽說煉金師可以點石成金，是嗎？既然你是赫爾墨族最厲害的煉金師，那可以透露一下你目前為止的最高成就是甚麼嗎？」

　　餃子的眼睛也放出異彩，滿心期待着能見識一下點金石、點寶石、點鑽石這類的成果。

　　哪料到，費奇諾用大拇指指了指自己背上的孩子。

　　那孩子咧了咧嘴，似乎在笑，但那詭異的笑容令賽琳娜渾

身發毛。

「布魯！布魯！」

四不像毫無徵兆地躍上費奇諾的肩，張嘴就要咬那孩子。

布布路眼疾手快地衝上去，將它抓了回來，四不像卻依然對着那孩子叫個不停。

「對不起，這是我的怪物，四不像，它總是瘋瘋癲癲的……哎呀！」被說了壞話的四不像氣憤地一口咬住布布路的手臂。

費奇諾好笑地看着他們之間的互動，而他肩上的孩子也轉向四不像，生硬地打了個招呼：「你好，四不像！」

「他長得……呃……真特別。」賽琳娜違心地讚美道：「是你的弟弟嗎？」

費奇諾搖了搖頭，神神祕祕地俯下身子，湊近賽琳娜的耳邊，用只有賽琳娜聽得到的聲音笑着說：「小姐，你知道煉金術的最高境界是甚麼嗎？是煉出生命體！而這孩子，其實是個人偶。」

甚麼？它怎麼可能是個人偶？

它的皮膚、眼睛、嘴巴、鼻子明明就和真人一模一樣啊！

賽琳娜連退三步，驚恐地瞪大眼睛：「難道……難道你將一個靈魂封印在裏面了？這太邪惡了！」

費奇諾哈哈大笑起來：「逗你玩的！身為赤色賢者的阿爾伯特也沒能完成這一祕術！我只是用了腹語還有隱形線來控制它！我的最高成就其實是我的右臂！」

說完，他一聲大喝，揮拳直擊身邊的巨石。

轟的一聲，巨石碎成石塊散落在地。

「哇！太厲害了！」布布路馬上報以熱烈的掌聲。

費奇諾得意地揚了揚眉毛，轉而面向榮格問道：「首領，科娜洛女士怎麼還沒到啊？用不用我去接她？」

榮格大叔原來是赫爾墨一族的首領啊，能讓首領親自到谷口迎接，科娜洛導師的面子可真大！四人交換了一個「原來如此」的目光。

榮格神色黯然地歎了口氣：「不用了，她沒來。」

「沒來？」費奇諾臉上的笑容消失得無影無蹤，急切地叫道：「她為甚麼沒來？那我們的計劃……」

「夠了！」榮格厲聲打斷道：「你還是死心吧！別再提那個不可能的計劃了！」

計劃？餃子頓時豎起了耳朵，看來赫爾墨一族絕對藏着甚麼不可告人的祕密！要不然村民們不會在聽到科娜洛導師不會來之後，都露出了惶恐的表情。

榮格很快恢復了平靜，淡淡地說：「我這就叫人將實驗藥劑取來，孩子們，你們拿了後就走吧。」

咦，這就趕我們走了？這天都快黑了，連晚飯都不給安排，就叫我們趕夜路回去？赫爾墨一族的待客之道未免太差勁了吧！四人面面相覷。

「羅迪，你去拿三箱孔雀石紫晶素交給這幾個孩子，然後將他們送到谷口。」榮格吩咐完，就對布布路四人點點頭，急着離開了。

怪物大師成長測試

這是成為怪物大師的必經之路！！！

尊敬的讀者：現在你跟隨布布路一起踏上了成為怪物大師的道路！向所有的困難發起挑戰吧！

●第二站●煉金師●赫爾墨族●

Q01

你是一個剛入學的預備生，意外發現出任務地點竟然是一片猩紅色的森林，你會怎麼辦？

A. 森林裏有古怪，做完任務趕緊離開。

B. 帶幾株植物研究一下，說不定能發現甚麼了不起的能量。

C. 哇，好神奇的森林，肯定有很多沒見過的植物和動物，好想進去看看！

D. 不感興趣，照常做任務，該幹嗎幹嗎。

E. 看看能不能在森林外把任務完成。

【解答】

A. 沒錯，在不瞭解的情況下，還是謹慎一點比較好。（3分）

B. 喂，我說，你到底有多痴迷能量啊？（9分）

C. 看來你是個很喜歡冒險的人喲！（1分）

D. 唉，你就是天塌下來也會日子照過的人吧！不要那麼冷靜好不好？（7分）

E. 那個，你也太謹慎了吧？（5分）

完成這個測試後，你可以得到一隻屬於自己的怪物！

測試答案就在第四部的 202，203 頁，不要錯過哦！！

猩紅森林的守衞者
MONSTER MASTER 4

新世界冒險奇談

第三站 STEP.03

長滿金色花苞的人類
MONSTER MASTER 4

赫爾墨族的大危機

啊咧咧，我們大老遠跑來，都還沒坐下來休息一會兒，就要被趕回去了？

「真奇怪啊，為甚麼這裏的村民一個個都愁眉苦臉的？」連布布路這樣神經大條的人也注意到了這裏的異常。

「很明顯，他們有急事想找科娜洛導師幫忙，但沒想到來的是我們，所以他們失望了。」賽琳娜做出了分析。

帝奇點點頭：「他們提到了『計劃』……」

「反正任務完成，回去後盧克和學分都能到手，我們就別管閒事了！」餃子攤攤手。他有種不祥的預感，現在不走，麻煩說不定又會上門了！

「救……救命啊！」

一聲淒厲的慘叫傳來。餃子眼角一跳，就見人羣驚慌失措地分散出一條通道，一個全身長滿金色花苞的人跌跌撞撞地跑過來，撲通一聲摔倒在地，渾身劇烈地抽搐着，表情看起來痛苦極了。

人羣騷動起來，紛紛朝後避退。

布布路四人詫異地看着這一幕 ——

天啊，他們從來沒有見過人的身上會長出花苞來！難道說，這是赫爾墨一族才有的特殊煉金術嗎？

「他誤食一種菌菇中毒了，趕快把他抬走。」榮格匆匆地折回來，故作輕鬆地對布布路他們解釋道。

但布布路他們並沒有忽略榮格眼中的憂慮。

幾個包得嚴嚴實實的村民立刻用擔架將

這個人抬走了，榮格一邊緊跟在後，一邊對圍觀的村民吆喝道：
「散了，都散了吧！」

人羣散去，偌大的村子，只剩下布布路他們還站在原地，
等人來送實驗藥劑。

賽琳娜皺着眉頭說：「我認為，剛剛那人絕對不是食物中毒
這麼簡單！」

「他們的確對我們有所隱瞞。」帝奇若有所思地望着榮格一
行人離去的方向。

「你們說……會不會是這個村子正流行着甚麼怪病啊？要是
被傳染上的話……不行，我們還是拿了藥劑趕緊撤吧！」餃子害
怕地吞了吞口水，他可不想當插滿金色花苞的「人體花瓶」！

但他忘記了，自己的身邊可是埋伏着不少「定時炸彈」！

「啊啊啊……」布布路一叫，餃子的心就狠狠抖了一下：「怎
麼了？」

布布路着急地嚷嚷道：「糟糕！四不像不見了！」

「它追着那個長花苞的人走了。」帝奇平靜地回答，這就是
為甚麼他一直看着那個方向。

餃子鬱悶地抱頭：「有沒有搞錯啊？」

「我們跟去看看也好，就這樣不明不白地回去了，總覺得不
安心！」賽琳娜推了推餃子，示意他跟上布布路和帝奇一起去找
四不像。

一路走去，就見村子裏家戶戶門窗緊閉，一扇扇黑洞洞
的視窗好像猛獸的巨大眼睛，偶爾有幽幽的燭光閃過，令人不

寒而慄。農作物和牲畜分別被種植或飼養在一些透明的建築物裏。

賽琳娜的臉上流露出奇怪的神色，不解地開口道：「這裏果然不對勁！之前坐索道過來時，就沒看到一隻飛禽走獸或者一株野生植物，這片谷地根本就像個不毛之地！是因為氣候和地理的關係嗎？難道植物與牲畜都必須在封閉的空間內才能生存？那片猩紅森林又是怎麼回事？為甚麼獨獨它能長出這麼一大片呢？」

「誰知道呢！」餃子沒興趣地聳聳肩膀：「反正又不是我們住在這裏，就別深究了。」

會開花的恐怖絕症

「四不像！」看到不遠處的花室裏有個熟悉的身影，布布路立馬就衝了進去，一把掐住四不像的後頸，將它提到了半空：「你怎麼又亂跑了？」

「布魯！布魯！布魯！」四不像拚命揮舞爪子掙扎個不停，好像想告訴布布路甚麼事。

「噓！這裏有異常！」帝奇的眉頭幾乎擰成了麻花，厭惡地掃視着滿屋子的金色花朵。

其他人隨之也注意到了，這些花下面居然有東西在蠕動！

賽琳娜倒吸一口冷氣，難以置信地低叫道：「人！這些花都是長在人身上的！」

原來這裏躺滿了餃子所謂的「人體花瓶」，每個人身上都長滿了金色的花朵，有些含苞待放，有些已經半開。而他們裸露在外的皮膚腐敗成好像泥土一樣的黑褐色，化膿後流出了污濁腥臭的液體。他們的身體極度消瘦，臉色更是可怕得如只能生活在暗夜中的僵屍。

「我們快走吧！這些人的症狀太詭異了……」餃子不安地推着三個同伴往外走。

「他們會死嗎？總覺得他們好像很難受的樣子！」布布路忍不住回頭又看了一眼這些人，雖然他們陷入了昏睡中，但臉上的表情一直是痛苦難耐的。

「這模樣簡直生不如死吧！」賽琳娜一方面對這些人感到同情，另一方面又對此感到膽戰心驚。

這時，帝奇猛地抬起頭，盯着屋門前逆光的黑影，警覺地問道：「誰？」

「你們怎麼跑到這裏來了？快出來！」費奇諾焦急的聲音傳來。

「對不起，因為我的怪物亂跑，所以我們才找到這裏……」走出屋子，布布路戳了戳四不像的後腦勺，示意它也趕緊道歉。

但四不像不服氣地衝布布路齜了齜牙，只是拿屁股對着費奇諾。

費奇諾並不在意，而是趕緊動手在門上掛了一把大鎖。

布布路困惑地問：「他們是吃了甚麼菌菇才變成這樣？你們把他們鎖在裏面，都不給他們治療嗎？」

費奇諾張了張嘴，一副欲言又止的樣子。

「請告訴我們真相吧！」賽琳娜直視着費奇諾，誠懇地說。

費奇諾重重地歎了口氣，像是下定了決心，咬牙道：「好，我告訴你們！」

不不不，你其實可以不用說的……餃子在內心哀號，他知道自己的預感馬上就要成真了，麻煩來了——

「這些村民們並不是誤食菌菇中毒，而是得了一種致命的怪病！一旦他們身上的花苞完全盛開，也就意味着他們走到了生命的終點。從花苞到盛放，只有短短的十天時間！另外，盛開的花朵具有極強的傳染性，沾染到花粉的人也會感染這種怪病，所以我們才會把他們隔離。」

這怪病好可怕啊！布布路他們的眼中閃過驚恐的光芒。

「難道沒有醫治的方法嗎？」賽琳娜哆嗦着問。

「唉，我們一直在努力尋找和製造解藥，但至今一點成效都沒有……或許到最後我們只能無能為力地看着他們死去……」費奇諾近乎絕望地歎息道。

「不，我不相信！」一個中年大叔突然衝了過來，激動地抓着費奇諾的手臂，大吼大叫道：「費奇諾，救救我兒子！你之前不是說有辦法嗎？」

布布路他們嚇了一跳，這個大叔是怎麼一回事啊？

他瘦得很不健康，臉色像白紙一樣，沒有一絲血色，一副隨時就要倒下的樣子！

費奇諾反手按住對方顫抖的肩膀，安撫地說：「哈爾，聽我

說，你必須先冷靜下來！你放心，無論如何我都不會放棄那個計劃的！」

「冷靜？你讓我怎麼冷靜？我兒子就躺在裏面……這是他長出花苞的第八天，還有兩天……他就要死了啊！」哈爾絕望地用手捂着臉，泣不成聲地說。

「只要還有時間，我們就還有希望！別放棄，也別自亂陣腳，你先回去，回頭我會來找你商量的。」費奇諾樂觀地拍了拍哈爾的肩膀。

哈爾這才勉強地點點頭，失魂落魄地離開了。

等看不見哈爾那佝僂疲憊的背影後，費奇諾露出了憂心忡忡的神情，對布布路四人解釋道：「哈爾是赫爾墨一族非常有名的語言學家，他的個性一向溫和穩重，這次是因為他的獨子危在旦夕，所以才變得這麼歇斯底里，請你們不要介意他的失禮。」

賽琳娜理解地說：「哈爾大叔的心情我們都能明白，畢竟誰也無法眼睜睜地看着自己的親人就這樣悲慘地死去……」

「費奇諾，你剛剛說的計劃是甚麼？」布布路仰頭看着費奇諾問道。

費奇諾的眼中像是燃起了一簇希望的火苗：「我的計劃是去猩紅森林尋找金色禁果！只要得到金色禁果，這些人都會有救！但是一般人就算在猩紅深林裏找尋一輩子都不可能找到金色禁果，所以我才寄希望於科娜洛導師……對了，你們能聯繫她，讓她儘快趕過來嗎？」

甚麼金色禁果啊？找一輩子都找不到？四人面面相覷，都有點兒不忍心告訴費奇諾，他們唯一能用來聯絡十字基地的卡卜林毛球已經掉下山谷了。

「那就讓我們來幫忙吧！」自覺負有責任的布布路拍拍胸口，氣勢十足地說。

「你們只是幾個預備生……」費奇諾搖搖頭，心急地催促道：「拜託，讓科娜洛導師趕快來吧！」

看來只能實話實說了。賽琳娜遺憾地說：「因為我們的卡卜林毛球丟了，所以我們現在也沒辦法聯繫十字基地。」

「甚麼？」費奇諾的臉色瞬間鐵青，咆哮道：「你們怎麼可以丟了那麼重要的東西？天哪，我要瘋了！」

布布路四人吃驚地看着費奇諾。

意識到自己的失態，費奇諾很快鎮定下來，對四人無力地擺擺手，轉身就要走。

「慢着！」賽琳娜叫住費奇諾，昂首挺胸地說：「雖然我們四個只是怪物大師預備生，但如果我們沒甚麼本事的話，科娜洛導師也不會派我們過來。不如你把事情說清楚，我們說不定真能幫上忙……」

費奇諾目光深沉地一一掃過四人，最後像是釋懷了，又像是下了決心般，開始講述道：「這一切都和盤踞在猩紅森林中的『毀滅魔王』有關……」

「毀滅魔王？」布布路好奇地問。

費奇諾慌張地捂住了他的嘴巴，害怕地說：「噓，毀滅魔王

其實只是一個代稱，而那個真實名字是我們一族的禁忌！一旦誰說出那個名字，厄運就會降臨！」

哪有那麼嚇人啊？布布路四人露出了懷疑的神色。

「不管你們相不相信，我們一族對此深信不疑。」費奇諾繼續往下說：「早在數千年，也可能是數萬年前，我們一族所守護的這片森林還是一片鬱鬱蔥蔥的綠色，但後來毀滅魔王佔據了森林，並且日復一日、年復一年地侵蝕森林，將森林染成了可怕的血紅色！我們的祖輩曾經集合所有的力量，一度壓制住毀滅魔王，但如今魔王再度蠢蠢欲動……就在上個月，村裏的一隊勇士接受了消滅魔王的任務，突入森林後很長時間都沒回來，於是榮格就派了另一批人去接應他們，結果卻發現那隊勇士全都昏倒在森林的入口處。等把他們抬回村子後，災難就降臨了！這些人的身上居然離奇地長出了金色花苞！村裏出動了不少醫師，竭盡全力地想要根除這些花苞，但沒有用，這些花苞是從他們體內生長出來的，即便剪掉，它們還是會源源不斷地冒出來。醫師們推斷，十天後，他們就會被花苞吸乾養分，痛苦地死去！」

說到這裏，費奇諾深吸了一口氣，聲音變得更加低沉：「更令人感到恐懼的是，災難並沒有結束！隔天，那些去接他們回來和試圖治療他們的人身上也長出了金色的花苞，他們被感染了！這一切都是毀滅魔王的復仇！它要我們滅族！」

費奇諾激動到兩眼赤紅，咬牙切齒地眺望着遠處的那片猩紅森林。

餃子心裏一陣發毛，不舒服地搓了搓手臂上的雞皮疙瘩，結結巴巴地問：「那個毀滅魔王長甚麼樣啊？你可以向我們描述一下嗎？」

費奇諾心有餘悸地搖搖頭：「我也不知道毀滅魔王長甚麼樣，因為但凡見過它的人全都死了！」

「那金色禁果又是怎麼一回事呢？」布布路還惦記着費奇諾之前說的話。

「跟我來，我帶你們去看赫爾墨一族的古籍翠玉錄，上面詳細記載着關於金色禁果的資訊。」費奇諾示意布布路四人跟他走。

「站住！」榮格怒氣衝衝地迎面走來，用命令的口吻大喝道：「你們哪裏也不能去！」

猩紅森林的守衛者
MONSTER MASTER 4

新世界冒險奇談
第四站 STEP.04
翠玉錄傳說
MONSTER MASTER 4

高塔裏的終極武器

　　榮格嚴厲地呵斥費奇諾:「你知道自己在做甚麼嗎?這次的災難不管最後的結果如何,都只是我們赫爾墨族的事,不要把無辜的人拖下水!況且他們還只是孩子!」

　　費奇諾反脣相譏:「他們不是普通的孩子!他們來自摩爾本十字基地,是未來能成為怪物大師的人!」

　　「那又怎麼樣?現在的他們只是預備生,若是有甚麼閃失,我們怎麼向科娜洛女士交代?」榮格毫不退讓地說。

「榮格，你作為我們一族的首領還不明白嗎？從他們進入龍骨谷的那一刻起，就注定要被捲進這場血腥的歷史旋渦！如果我們一族失敗了，他們就肩負着把將這段歷史傳播出去的責任！到時整個大陸上的人都會知道，每一個赫爾墨人都是英雄，我們是為了守護這片大地而犧牲的！」費奇諾的胸口劇烈起伏着，情緒激動到了極點。

榮格望着布布路他們的目光開始動搖。

布布路抓住時機，拍着胸膛宣告道：「我們影王村有句名言：害怕失敗和困難的人永遠都無法成為真正的怪物大師！請讓我們幫忙吧，我們願意試煉自己！」

帝奇和賽琳娜點了點頭，算是認同布布路的話。

而餃子只好寄希望於榮格的頑固，在心中暗暗希望他不要答應。

沒想到，榮格卻像是被布布路打動了，沉聲道：「好吧！」

餃子一口氣堵在胸口，內傷了。

布布路他們跟着費奇諾和榮格穿過半個村莊，來到一座黑褐色的石砌高塔前，就見滾滾黑煙從塔樓上方的煙囪冒出，熏得人眼睛發痛。

費奇諾推開厚重的石門，空曠的樓房內放滿了一根根晶石製成的半透明巨形長筒，筒柱上雕刻着繁複的花紋和古怪的文字，裏面則盛滿了褐黃色的渾濁液體，很是可疑的感覺。

「布魯！」四不像突然哧溜一下攀到了其中一個長筒的頂端，

還玩樂似的在幾根筒柱間跳來跳去。

榮格急得滿頭大汗，衝着四不像大喝：「危險！快下來！」

可惜，一個不聽主人話的怪物更不可能聽一個陌生人的話了。四不像根本是把榮格的話當耳邊風，對着底下的幾個人呸呸地吐口水。

沒辦法了，布布路只能出「奇招」──

他打開棺材，拿出一塊草莓蛋糕舉過頭，誘惑地對着四不像晃了晃。

「布魯！」四不像立刻躥了下來，一把奪過那塊蛋糕往嘴巴裏塞去！

費奇諾不可思議地看着滿嘴奶油的四不像，有所保留地對布布路說：「你的怪物好像有點兒特別……不受控制的感覺。」

布布路四人同時在心裏歎氣，四不像又讓摩爾本十字基地丟臉了！

　　榮格在邊上長舒了一口氣：「幸好沒發生意外，這些長筒裏裝的可都是要人命的東西啊！」

　　「這些液體都是煉金術的產物吧？你們為甚麼要製造這種致命的東西呢？」賽琳娜皺着眉頭問道。

　　榮格神色凝重地解釋說：「這些液體都是為了抵抗毀滅魔王製造出來的終極武器！不管是人，還是怪物，只要沾到，輕則呼吸困難，重則昏迷致死！」

　　賽琳娜驚訝不已：「天哪，你們拿它去對抗毀滅魔王，不就等於要和毀滅魔王同歸於盡嗎？」

　　榮格滿腔熱血地說：「沒錯，身為森林守衛者，這是我們的宿命！」

　　面對榮格視死如歸的執着，布布路四人突然甚麼都說不出來了。

「跟我來。」費奇諾讓幾個孩子跟着他上樓。

神奇的金色禁果

高塔頂端，有個人正跪在一塊巨大的翠色玉石前，一邊叩拜，一邊祈禱。

布布路四人面面相覷：好像有點兒眼熟，誰啊？

費奇諾走上去將那人扶了起來，那人滿臉淚水地回過頭來，布布路他們立刻認出了他——

原來是那個哈爾大叔！

「首領，我……我只是想替我的兒子祈禱一下，並不是故意破壞嚴禁進入這裏的命令！」哈爾忐忑地看着榮格。

榮格擺擺手，示意哈爾不必再說。

費奇諾安撫地拍了拍哈爾的肩膀，隨即指着那塊翠色玉石對布布路四人介紹道：「這就是我們一族最神聖的瑰寶——翠玉錄！」

布布路好奇地湊近去，左看右看之下，表情變得愈來愈古怪：「咦，這上面刻得密密麻麻的都是小蝌蚪嗎？」

賽琳娜的額頭青筋直跳，沒好氣地說：「笨蛋，這是一種文字！」

「文字？那上面寫的是甚麼呀，大姐頭？」布布路反問道。

賽琳娜鼓起腮幫子，不耐煩地瞪着布布路說：「我也看不懂啦！」

費奇諾適時地插話道：「這是我們一族最早使用的文字 —— 柏地斯密文。可惜到了現在，族裏只有寥寥無幾的人才能看懂。我和榮格差不多能看懂一半，想要完全讀懂的話，只有像哈爾這樣的語言學家才能做到。」

說到這裏，費奇諾轉向哈爾道：「哈爾，麻煩你翻譯一下翠玉錄給他們聽。」

哈爾啞着嗓子敍述起來 ——

來自極地森林的饋贈，

人們翹首以盼，

落下吧，

金色果實，

成為照亮我們生命的希望之光。

「金色果實？難道就是指金色禁果？」餃子敏感地捕捉到關鍵字。

「對！」費奇諾肯定地補充道：「翠玉錄上有記錄，吃下不同數量的金色禁果就會產生不同的效果。一顆澤身，體健力強；兩顆袪疾，百病全消；三顆如獲神庇，化腐朽為神奇！」

「這麼厲害呀！不過化腐朽為神奇是甚麼意思啊？」布布路聽得一知半解。

費奇諾一臉嚮往地說：「當然是帶來奇跡的意思！金色禁果能讓盲人重見光明，斷手的長出新臂，殘足健步如飛！如果吃下

第四顆的話⋯⋯」

費奇諾故意停頓下來，餃子迫不及待地接口問道：「會怎麼樣？」

「四顆登神祇，從此永生不死！」費奇諾難掩亢奮地宣佈。

「哇！那豈不是可以永遠年輕美麗？」賽琳娜無限神往。

「永生不死有甚麼好的？」布布路不以為然地搖搖頭。

「布布路，你在說甚麼呀，永生不死可是很多人畢生追求的夢想呢！」賽琳娜敲了敲他的腦殼。

「不不不，永生不死是很無聊的！」布布路的頭搖得跟撥浪鼓一般，振振有詞地說：「我爺爺說過，正因為每個人擁有的生命有限，所以人們才會迫切地想要去完成自己的夢想。如果擁有無限的時間，那種緊迫感就會消失不見。而且你們想，當你周圍的親人和朋友都死了，只剩下你一個人孤零零地活在世上，那不是一件很痛苦的事嗎？」

布布路感性的發言讓在場的人都陷入了深思，唯有餃子摸着那塊翠玉錄，不小心掉了幾滴口水到地上：「金色禁果啊⋯⋯那應該很值錢吧！」

帝奇立刻送了餃子一個大白眼：「別傻了，那只是傳說！用常識去想，這種東西根本不可能存在⋯⋯」

「不！傳說不會是空穴來風，金色禁果是存在的！」費奇諾激動地打斷了帝奇的話：「這塊翠玉錄是我們村的勇士們冒着生命危險從猩紅森林裏帶回來的，是祖先們給我們的指引！」

「費奇諾，你錯了！」榮格指向翠色玉石的底端讓大家看。

在那個不顯眼的地方，雕刻着一段柏地斯密文，榮格費力地將它讀了出來：

有時，人的畢生所求會變得很可怕，警告後人，不要被欲望蒙蔽了心和眼。

——阿爾伯特

榮格用心良苦地說：「費奇諾，這是我們一族最偉大的煉金師在一千年前留下的警示之語，這一定是他寶貴的親身經驗，你別再沉迷於金色禁果的傳說了！」

「不，我沒錯，我的堅持是為了讓赫爾墨一族能繼續存活下去！」費奇諾大聲爭辯道。

「我們赫爾墨人從不怕死！有時間琢磨這些縹緲的傳說，不如想想怎麼打敗毀滅魔王吧！」榮格不甘示弱地抬高嗓門。

就在雙方爭執不下的時候，哈爾突然捂着臉悲泣道：「難道我兒子只有死路一條嗎？我寧願相信這個傳說，只要能救我的兒子……我願意付出一切代價。」

布布路他們同情地看着傷心欲絕的哈爾，連榮格和費奇諾也自覺地閉上了嘴巴。

轟隆！外面突然傳來了一聲驚天動地的響雷！

榮格三人一陣驚慌，拔腿就往塔樓外面的走廊跑去。

情況不對勁！布布路他們相互看看，默契地追了上去。

這是成為怪物大師的必經之路！！！

路！向所有的困難發起挑戰吧！

尊敬的讀者：現在你跟隨布布路一起踏上了成為怪物大師的道

● 第四站 ● 翠玉錄傳說 ●

怪物大師成長測試

Q02 村子裏的人告訴你在他們祖先寫的翠玉錄上關於森林中金色禁果的傳說，吃了一定數量的金色禁果不僅能百病全消，還可以長生不死，但是森林裏有可怕的毀滅魔王。你會怎麼辦？

A. 無論如何也要幫村子裏的病人找到這種金色禁果，但是自己不需要。

B. 哇，這麼好，這種禁果肯定能賣很多錢，冒死也要進森林，找到就發財了！

C. 真的有這種禁果嗎？如果有，肯定也不容易找到吧？比起這個還不如去研究解藥。

D. 衝進森林，獨吞所有金色禁果。

E. 傳說甚麼的，根本不可信！如果有的話，早就有人找到了。

Ａ【解答】

A. 你果然是那種永遠把救人和幫助別人擺在第一位的人，豎大拇指！
不過有時也要量力而行哦！（1分）

B. 錢、錢、錢！你就知道錢！（5分）

C. 你想的很有道理，但是如果找不到解藥呢？（3分）

D. 我覺得，我真心覺得，反面 BOSS 很適合你喲！（9分）

E. 點頭！不過，那你說該麼辦呢？（7分）

完成這個測試後，你可以得到一隻屬於自己的怪物！
測試答案就在第四部的 202，203 頁，不要錯過哦！！

新世界冒險奇談
第五站 STEP.05

決戰前的私人委託
MONSTER MASTER 4

被污染的天空，「黑龍」的突襲

轟隆隆 ——

天色陰沉得駭人，一團龍形的黑色霧氣在村子上空猖狂地翻湧着，不時噴吐出猙獰的銀色電光，轟鳴的雷電憤怒地劈落地面，帶來一種毀滅般的末日感！

「那是甚麼啊？」布布路心悸地縮了縮脖子。

劈啪，劈啪……回答他的是無數如同豌豆大小的黑色雨點的落地聲。

「不好！快進去！要是淋到這雨就糟糕了！」榮格三人見狀，立刻把布布路四人推進塔樓裏。

不就是下雨嗎？雖然是聞所未聞的黑雨，但有必要這麼大驚小怪嗎？四人一臉疑惑。

「布魯！布魯！」被遺忘在後頭的四不像突然發出了前所未有的淒厲叫聲。

布布路連忙回頭，就見四不像心急火燎地躥進來，對他撅起屁股，一大把焦黑的毛從四不像的屁股上掉落，露出皺巴巴又紅彤彤的皮膚。

呃，這隻本來就長得夠醜的怪物現在更難看了！賽琳娜他們詫異地看着這一幕，終於明白這場黑雨的厲害，難怪榮格他們一副如臨大敵的樣子。

費奇諾摸出一罐藥膏遞給布布路：「快給你的怪物抹上吧！這雨有腐蝕性！」

與此同時，榮格從口袋裏掏出了一塊白色晶石，用力一轉。

布布路他們感覺腳下一陣劇烈顫動，緊接着，無數道耀眼的白光從村子的四面八方射向天空，大伙兒不由得閉上眼睛。等再睜眼看時，就見一個碗形的屏障扣住了整個村子。

透過半透明的屏障，依然能看到「黑龍」在村子上空不知疲倦地翻騰着，噴出的雨點好像密集的子彈，瘋狂地掃射下來，劈啪地打在屏障上！

屏障之外的龍骨谷一片蕭條，所有遭受黑雨侵襲的物體全都迅速變黑，山壁索道上盡是坑坑巴巴的醜陋痕跡，縷縷黑煙

從殘破的大地上升騰而起……這殺傷力的可怕程度不言而喻！

　　大家都心知肚明，倘若不是有屏障保護，這場黑雨足以腐蝕大半個村落的建築，甚至溶掉大多數人的血肉。

　　「這雨到底是怎麼回事啊？」賽琳娜膽戰心驚地問。

　　榮格大叔一臉沉重地解釋道：「這條『巨龍』原本是龍骨谷的天然元素形成的擬態，從前它是條『白龍』，每當它發出『吐息』，純淨的甘露就會從天而降，滋養龍骨谷內萬物。可如今，復蘇的毀滅魔王把它變成了一條可怕的『黑龍』，甘露也變成了可怕的酸雨，將谷地內的生物腐蝕殆盡！」

　　賽琳娜恍然大悟：「怪不得我們來的時候，靠近山谷的路況那麼差，也難怪谷地裏寸草不生，原來是這個原因。」

　　「你們居然能造出抵禦這場酸雨的屏障，真是了不起啊！」餃子摸着下巴，目光緊盯着榮格手中的那塊白色晶石。

　　「這都要歸功於費奇諾和另外幾個煉金師，他們不眠不休，苦心研究了三天三夜才製造出能夠抵禦『黑龍』的『巨龍吐息』的防護罩，這塊晶石就是開關！」說着，榮格小心翼翼地收好了那塊白色晶石。

　　「快看，雨停了！」布布路指着窗外，此時夜幕降臨，天空中的黑龍消失了。

　　榮格歎了口氣，鄭重地對布布路四人交代道：「孩子們，今晚你們就住在村裏吧。明天日落之時，我們一族將與毀滅魔王展開生死決戰！你們願意的話，請站在龍骨谷的山崖上見證這場戰爭，之後將我們一族的故事告訴十字基地內記錄各國歷史

的怪物大師，讓後人知道赫爾墨人都是勇士……」

布布路豪氣衝天地說：「大叔，讓我們也參與——」

餃子一把捂住他的嘴，笑瞇瞇地接下去說：「沒問題！我們一定會睜大眼睛，完整記錄下這場生死決戰！」

「既然如此，你們就到我家暫住一晚吧！哈爾，你也來，不要再一個人胡思亂想！」費奇諾熱情地邀請道。

費奇諾的計劃

這個攸關赫爾墨人生死的決戰前夜——

費奇諾特別為大家準備了一桌豐盛的飯菜。可惜，哈爾的情緒依舊低落，出神地拿着筷子卻沒夾任何食物。

屋子裏的氣氛十分凝重，布布路他們只能眼觀鼻，鼻觀心，默默低頭扒飯吃。

「嗯……不如大家來看節目表演吧！」費奇諾體貼地指揮背後的人偶開始耍寶，又是玩丟炸肉丸子的雜耍，又是用毫無起伏的聲音說冷笑話，但效果甚微。

人偶向哈爾表示關心：「親愛的哈爾，如果你不好好吃東西，怎麼有力氣照顧你的兒子呢？」

「我可憐的兒子……嗚，我就要失去他了……」兩行淚水如泄洪般流出了哈爾的眼睛。

「我失言了，對不起。」人偶充滿歉意地縮了回去。

費奇諾看着哈爾，意味深長地說：「那可未必……」

哈爾的眼睛一亮，仿佛抓到了一根救命稻草，抓着費奇諾的手激動地問：「你……你準備施行那個計劃嗎？」

　　「是的，雖然無法得到科娜洛女士的援手，但現在我們還有四個怪物大師預備生能幫忙！」費奇諾滿懷期待地轉向布布路他們。

　　「交給我……」布布路才開口，餃子就眼疾手快地把一塊雞腿塞到他嘴裏，故作老成地說：「我們想先聽聽你的計劃。」

　　「我相信《翠玉錄》上的記錄是真的，金色禁果絕不只是個傳說！為了拯救這些瀕臨死亡的村民，我想進入猩紅森林，找到這種神聖的果實！」費奇諾慷慨激昂地說。

　　餃子乾巴巴地笑道：「呵呵……你是想讓我們幫助你進入猩紅森林？」

　　「不不不，我希望你們能跟我一起去找金色禁果！」費奇諾

的眼中閃耀着熱切的光芒。

賽琳娜面露遲疑：「可榮格大叔說，明天日落時分你們將攻打毀滅魔王，這麼短的時間內不可能找到金色禁果吧？」

「我已經計劃好了，明日，我們必須在啟明星升起時出發，趕在日落前回來，否則我們就會跟毀滅魔王一起被我的族人消滅在猩紅森林中！但如果我們幸運地找到了金色禁果，不僅可以救活族人的性命，還可以阻止榮格使用終極武器攻打猩紅森林，這樣就能避免更多的傷亡！我也知道這是一個時間有限的危險計劃，但為了我的族人，我不能退縮啊！請你們幫幫我吧！」費奇諾懇切地注視着四人，深深地鞠了一躬。

「拜託你們了！」哈爾也跟着做出了懇求：「金色禁果是我兒子最後的希望。孩子們，求求你們！我不能失去我的兒子，他是妻子留給我最後的寶貝……」說到悲慟之處，哈爾哽咽了。

費奇諾連忙接話說：「哈爾的妻子在生下他們的兒子後就去世了。這十五年來，他和兒子相依為命，對他來說，兒子就是他的全部。」

「嗚……一切都是我的錯！」哈爾強忍傷心地繼續道：「我的兒子非常要強，他一直覺得生活在我的光環下，所以才會迫不及待地想要證明自己。之前族裏選拔去猩紅森林突擊毀滅魔王的勇士時，他就想去，但我阻止了他！因為我實在不希望他去冒險，他才十五歲，只是個孩子啊！後來那些人全體染上怪病被抬了回來，他堅持要去照顧他們，結果也染上那種怪病……我真後悔啊！平日忙於學術研究，沒有多照顧他，也沒有和他多交

流⋯⋯如果還有機會的話，我一定要告訴他，不要那麼心急，人生還很長，可以一步一個腳印地慢慢來⋯⋯」

看着如此無助的哈爾，布布路想起了自己的父親，一下子哭得稀里嘩啦，感動地說：「哈爾大叔，我們一定會幫助你的！」

餃子也難得充滿感性地說：「我理解這種感受，當一個人的生命中只剩下唯一的親人時，他就是你活下去的動力！所以哈爾大叔，為了你的兒子，你首先應該堅強起來，這趟猩紅森林是必須去的！」

賽琳娜和帝奇都用不可思議的目光看着餃子，這傢伙不是一向最怕麻煩沾身的嗎？

「雖然我也很想參與，可實在是力不從心啊⋯⋯」餃子突然話鋒一轉，從怪物卡裏召喚出自己的怪物——藤條妖妖，指着它歎息道：「我的怪物從孵化到現在不滿兩個月，能力實在有限啊⋯⋯」

「餃子！」賽琳娜低吼，這傢伙果然是死性不改！

「我看你的怪物培養得不錯啊！」費奇諾仔細打量着藤條妖妖，隨即露出了自信滿滿的笑容：「而且我最近在研究如何提升物質系植物類怪物的戰鬥力，我有把握能讓它提升 10%——30% 的攻擊力，到時它會更強的！」

餃子狹長的狐狸眼冒出灼熱的光芒，充滿興趣地問：「怎麼提升啊？」

「這需要專門的培養液，以及長時間的浸泡，不過我還製作了一批濃縮形的膠囊，雖然效果比不上培養液，但你的怪物吃

下去後，也可以提升一定指數的戰鬥力。」費奇諾從櫃上的玻璃器皿中取出一顆綠膠囊，交給餃子。

藤條妖妖吃下後，體形瞬間變大不少，精力充沛地演練了一招藤蔓鞭打。怪物卡上顯示它的攻擊指數提升了五個點。

「哇哦！真的有效！」布布路猛拍手，崇拜地看着費奇諾：「原來煉金師這麼了不起啊！」

賽琳娜眼饞地追問：「有沒有提升元素系怪物戰鬥力的膠囊？」

「很抱歉，暫時還沒有。不過倒是有可以提升怪物耐力的膠囊，你們可以試試看。」費奇諾又掏出幾顆黃膠囊慷慨地分給眾人。

賽琳娜和布布路歡喜地塞給自己的怪物吃，水精靈吞了，四不像吐了。

布布路追着四不像滿場跑，逗得其他人哈哈大笑。

唯獨帝奇掂量着這顆膠囊，遲遲沒有召喚出巴巴里金獅，賽琳娜捅了捅他，奇怪地問：「豆丁小子，你不給巴巴里吃嗎？」

帝奇冷淡地看了一眼賽琳娜：「我不喜歡給它吃有添加劑的非自然食物……」說着，他用兩根手指將膠囊捏成了粉末。

賽琳娜無語了，這小子的口味一向清淡，做他的怪物也夠可憐的，每天攝入的能量都要算好，一日三餐的肉總量更是嚴格控制在十斤，不能多也不能少，還必須搭配蔬菜水果，也難怪巴巴里金獅經常會用一種羨慕的目光偷偷望着四不像……唉，可憐啊！

猩紅森林的守衛者

MONSTER MASTER 4

新世界冒險奇談

第六站 STEP.06

黑暗中的不速之客

MONSTER MASTER 4

夜半驚魂

　　即使只有一絲希望，即使危機重重，布布路四人最後還是決定參加費奇諾的計劃。這一切不光是為了哈爾大叔，也是為了更多如同哈爾一樣傷心欲絕的赫爾墨人……

　　費奇諾和哈爾對他們感激不盡。

　　隨後，費奇諾將布布路四人帶去客房休息。

　　「各位，如果晚上聽到甚麼異常動靜，千萬不要隨便離開房間。因為黑暗是毀滅魔王的力量之源，它經常借助夜的力量潛

入村裏進行破壞。」費奇諾離開前，鄭重其事地叮囑道。

四人雖然有些緊張，但因為累了一天的緣故，很快他們就沉沉睡去。

夜更深了，萬籟俱寂中，布布路猛然睜開眼 ——

有情況！

那是一種窸窸窣窣的可疑聲響，而且就在附近……

「醒醒！快醒醒！」布布路推醒餃子三人，興奮地嚷嚷道：「毀滅魔王來了！」

餃子打了個大大的哈欠，懶洋洋地吐槽道：「為甚麼每次遇到主動送死的事，你都這麼積極啊？」

帝奇不悅地瞪了眼布布路，翻身下牀。

賽琳娜氣得狠擰布布路的耳朵：「記住，下次再敢打擾我睡美容覺，你就死定了！」

「喂喂喂，別這樣啦！」布布路依舊熱血滿滿地想要調動大家的積極性：「你們難道不想親眼看看那個毀滅魔王到底是甚麼東西嗎？最重要的是，如果我們現在就能打敗它的話，榮格大叔他們就不用跟毀滅魔王同歸於盡啦！」

三人齊齊翻了個大白眼，卻還是跟着布布路躡手躡腳地出了門。

布布路肯定地指向走廊盡頭的玻璃房：「聲音是從那裏傳來的！」

賽琳娜回憶道：「我記得，費奇諾說那裏是植物培養溫室，他放了好多正在試驗的珍貴植物在那裏……」

餃子突然一個箭步衝了出去。

咦，他是不是跑錯方向了？布布路三人疑惑地看着衝在最前面的餃子，他不是一向逃得最快才對嗎？

「餃子，你怎麼了？」布布路急忙追上失常的餃子。

餃子心急火燎地說：「藤條妖妖在裏面啊！為了讓它進一步強化，我偷偷把它藏在温室裏吸收培養液了！」

對於餃子這種愛貪小便宜的性格，賽琳娜和帝奇習慣性地投以鄙視的目光。

温室的大門敞開着，餃子的心一沉，直覺不妙：「嗚，我可憐的藤條妖妖……」

「嘘！」布布路朝三個夥伴做了個手勢，透過高大的寬葉植物間的縫隙，就見一個龐大的黑影赫然映現在牆上！

布布路四人不約而同地屏住了呼吸，天啊，這就是毀滅魔王嗎？它……它一定是個怪異的生物！

那可怕的如同鐮刀般的長臂，生有勾刺的後足，高高隆起的腹部，尖如鑽頭的三角形腦袋……無不顯示出它的攻擊力必然強悍！

窸窸窣窣……

牆上的影子動了動，怪異生物頭上的細長觸角以固定的節奏顫動着，它的長臂往地上抓去，撈起了一把腐敗的農作物往嘴裏送去！

它的上下顎誇張地嚼動起來，發出咔吧咔吧的響聲，那感

覺就像是在嚼甚麼的骨頭！

　　餃子衝三個同伴使眼色：小心為上！

　　粗神經的布布路卻誤解了他的意思：「四不像，我們上，報你的掉毛之仇！」隨着一聲熱血沸騰的暴喝，布布路向那個黑影直衝過去！

　　至於他的怪物四不像——它好像不打算參與這場戰鬥呢！只是無聊地坐在布布路背的棺材上，對着黑影發出「布魯布魯」的挑釁聲。

　　唉，要不要這麼衝動啊，他們連作戰計劃都還沒制訂……餃子傷腦筋地撫額。

　　與此同時，面對揮舞着鐮刀長臂攻向他們的黑影，帝奇踩着一邊的木架飛身而起，一道耀眼的金光閃過——

「吼──」巴巴里金獅躍出怪物卡，帝奇準確地跨坐到它的背上，指揮金獅用利爪拍向黑影的腦袋！

這一招本該一擊必勝，但奇怪的事發生了。

那黑影如同幽靈般在黑暗中一閃，驀地消失了！

「它躲哪兒去了？」賽琳娜警惕地環顧四周，溫室裏除了各式各樣的植物外，並沒有黑影的蹤跡。

「我……我看到它了！」布布路的心臟猛地一跳，昏暗的光線下，他看到了一隻佈滿血絲的金色眼睛！那隻眼中充滿了仿佛要吞噬一切的毀滅感和憎惡感。

布布路吞了吞口水，縱身向那隻眼睛撲去！

電光石火間，眼睛居然消失了！

「好痛！」猝不及防的布布路和圍攻上來的餃子以及賽琳娜

撞在了一起。

在三人眼冒金星的時候，嘩啦啦——玻璃被撞破的巨大聲響傳來，黑影揮舞着鐮刀長足撲出了窗口。

嗖——帝奇的五星鏢緊咬着黑影，差一點兒就射中了它！

「真倒楣，被它跑了！」望着黑影逃離的方向，賽琳娜憤憤不平地跺了跺腳。

「別管了，找藤條妖妖要緊！」餃子心急地扒開身邊的植物枝葉，尋找他的怪物。

「布魯！」四不像突然往角落躥去，餃子跟去一看，藤條妖妖正縮在那裏，用兩根藤條捂住眼睛，渾身瑟瑟發抖，抖個不停。

「藤條妖妖，發生甚麼事了？」餃子心疼地將藤條妖妖抱起，好一會兒，藤條妖妖才止住顫抖，焦急地舞動起身上的四根藤條：「唧唧唧唧唧唧……」

它想說甚麼呢？布布路三人齊齊看向餃子，餃子一直專注地盯着懷裏的藤條妖妖。許久，他抬起頭，對着布布路三人搖搖頭：「它的心音太亂了，說話也語無倫次！」

藤條妖妖的眼角掛了兩顆大淚珠，急得哭了。

賽琳娜安撫地摸了摸藤條妖妖頭上的粉色花朵，提議道：「我們還是趕快去找費奇諾說一下這件事，萬一真的是毀滅魔王就糟糕了！」

意外的「死亡」

四人立刻跑到費奇諾的房間，敲了半天門，都沒人回應。

「不會出事了吧？布布路，把門撞開看看！」賽琳娜擔心地說。

砰！布布路一鼓作氣用背上的棺材撞飛了那扇門板，四人一擁而入，就見費奇諾好端端地躺在牀上，睡得死沉死沉⋯⋯

不對勁！這麼大的動靜他都聽不到嗎？

帝奇伸手在費奇諾的鼻前探了探，又摸了摸他的手和腳，轉頭對三個同伴說：「沒有呼吸，四肢冰涼，他死了。」

「一定是毀滅魔王搞的鬼！可惡，我要去找它算賬！」一個活生生的人居然就這樣死掉了，布布路既震驚，又難過，更多的是氣憤。

「布魯！」四不像突然跳上牀去，踩着費奇諾的屍體大叫起來。

「四不像，別搗亂！」布布路一把抓起四不像的兩隻長耳朵，拎着它往外走去。

「布布路，冷靜點兒，我們還是先去找人來⋯⋯」餃子三人追在他身後。

這時，哈爾急匆匆地穿過走廊迎面趕來：「出甚麼事了嗎？我聽到好大的動靜⋯⋯」

「哈爾大叔，費奇諾被毀滅魔王暗算了！他死了！」賽琳娜沮喪地說出這個噩耗。

　　哈爾一下子呆住了，難以接受地看着布布路四人。

　　「胡說！我可沒那麼容易死！」一個熟悉的聲音從他們身後傳來。

　　所有人都猛地回過頭，難以置信地看着費奇諾笑眯眯地走近，完全不像是一具死屍。

　　「費奇諾！太好了，你沒事！」布布路驚喜地叫道。

　　帝奇沒有說話，只是狐疑地眯起了眼打量費奇諾。

　　「可你之前不是停止呼吸，沒有體溫了嗎？」賽琳娜困惑地問。

　　費奇諾抱歉地解釋道：「讓你們擔心了，其實我的體質比較特殊，每當進入睡眠狀態時，體溫就會下降，呼吸也會變得非常微弱。」

　　這就等於假死狀態嗎？沒想到世界上居然真有人擁有這麼神奇的體質啊！

　　「對了，你們半夜不睡覺，跑來我房間做甚麼啊？」費奇諾又走近了一步，奇怪地反問道。

　　「唧唧——」藤條妖妖不安地往餃子懷裏縮了縮，像是在害怕甚麼。

　　「它怎麼了？」費奇諾驚訝地問。

　　餃子生怕被費奇諾發現自己做過的賊事，趕緊把藤條妖妖收進怪物卡裏，裝作若無其事地扯開話題：「沒甚麼，就是……剛剛我們可能在溫室裏遇到了毀滅魔王……」

　　他添油加醋地將事情說了一遍。

費奇諾聽後眉頭緊鎖，焦慮地說：「沒錯！那一定是毀滅魔王！」

「你怎麼能肯定？不是說沒人見過毀滅魔王的長相嗎？」帝奇冷冷地質問道。

費奇諾遲疑片刻，解釋道：「村裏早有傳言說毀滅魔王的本體是蟲，它經常趁着夜色利用分身潛入村子作惡，不少人也曾目睹跟你們描述的一模一樣的黑影……我原本並不是很相信的，但現在看來所言非虛……」

布布路想了想，認真地說：「我感覺它好像並沒有你們說得那麼厲害呀！」

「你們可不要小看毀滅魔王！」費奇諾突然抬高聲調，目露怨恨地說：「它可是非常狡詐的！為了安全起見，我們乾脆都聚在一起輪流守夜吧！」

怪物大師成長測試

Q03 夜晚，你借宿在村子的一戶人家裏，睡夢中被一個怪聲驚醒。等找到那個怪聲的時候，你赫然發現竟然是一隻奇怪的大怪物在搞破壞。這時你會：

A. 打倒這隻怪物，不讓它繼續搞破壞。

B. 去村子裏找人來幫忙打怪物。

C. 躲起來，以免被怪物發現。

D. 小心地把怪物引到村子外面。

E. 把怪物帶到村子中心，然後躲在一旁看戲。

A【解答】

A. 你很勇敢喲，不過如果你打不過它怎麼辦？(1分)

B. 人多力量大嘛！這是比較穩妥的做法。(3分)

C. 喂，你可不可以不要這麼膽小啊？(5分)

D. 不和怪物交手，也不讓它繼續搞破壞，真是高明的主意！不過，要想把怪物引走，可是需要很高的技巧哦，你能做到嗎？(7分)

E. 你到底有多邪惡啊？(9分)

完成這個測試後，你可以得到一隻屬於自己的怪物！

測試答案就在第四部的202，203頁，不要錯過喲！！

尊敬的讀者：現在你跟隨布布路一起踏上了成為怪物大師的道路！向所有的困難發起挑戰吧！

這是成為怪物大師的必經之路！！！

●第六站●黑暗中的不速之客●

MONSTER MASTER
◆LOVE'S DREAMS◆

猩紅森林的守衛者
MONSTER MASTER 4

新世界冒險奇談
第七站 STEP.07
朝着啟明星升起的方向前進
MONSTER MASTER 4

羊皮卷記載的密道

　　啟明星從東方升起了，天色還是灰濛濛的。冷颼颼的空氣中彌漫着一股酸臭的氣味，土地被腐蝕得一片泥濘，費奇諾要大家先在鞋底抹上抗腐蝕的藥劑。

　　布布路一行人輕手輕腳地穿過村子。

　　走着走着，賽琳娜突然停下腳步，回頭看着反而離他們愈來愈遠的猩紅森林，奇怪地問：「我們不是要去猩紅森林嗎？為甚麼要朝啟明星的方向走呢？這不是反方向嗎？」

費奇諾頭也不回地肯定道：「因為這邊有一條安全通道可直達猩紅森林。這條通道只在啟明星出現在天際時才會出現。當太陽完全升起後，它又會沉入地下！」

「哇啊，聽起來好神祕哦！那到底是一條甚麼樣的通道啊？我一定要好好地見識一下！」布布路變得興奮起來。

哈爾則露出了憂心的神色，顧慮重重地問：「費奇諾，你能肯定那座隱石之橋真的存在嗎？要是它不出現的話，我們再繞回原來通往猩紅森林的路可就來不及了……」

「哈爾，就算你不相信我，也應該相信我們偉大的先祖——阿爾伯特！」費奇諾頻繁地抬頭看天，時間很緊迫啊！

「好吧，我知道了。」哈爾連忙低頭跟了上去。

「不好意思，你們說的『阿爾伯特』是十影王之一的那個『阿爾伯特』嗎？」餃子的狐狸眼中閃爍着好奇的光芒。

「是的，就是那位大人。費奇諾有一本關於阿爾伯特手記的羊皮卷，上面記載了一段『隱石之橋』的資訊。」哈爾向布布路四人解釋道。

「哇，是真跡嗎？能讓我……看看嗎？」賽琳娜激動到說話都結巴了。

哈爾也幫忙敲邊鼓：「費奇諾，你把羊皮卷帶在身邊了吧？就給這些孩子們看看。」

費奇諾腳步不停，從口袋裏掏出一本破舊的羊皮卷向他們展示道：「我手上的這份羊皮卷並非阿爾伯特的真跡，不過它也很珍貴，因為它是目前唯一一本手寫抄錄阿爾伯特手記的羊皮

卷！也是我家的祖傳之寶！」

　　就在其他人忙於瞻仰羊皮卷的時候，帝奇冷不防地丟出一句疑問：「既然你知道有一條安全通道，為何之前沒有告訴自己的族人呢？」

　　費奇諾猛地扭頭看向帝奇，似乎有些吃驚，但他很快恢復了平靜，解釋道：「原本祖訓規定，此物不得外傳，而我對上面寫的柏地斯密文也是一知半解。直到我的族人得了長有金色花苞的怪病，我才決定不再拘泥於祖訓，就找到哈爾，讓他把羊皮卷全部翻譯出來，我這才知道了這條安全通道的存在……」

　　「但你知道之後，並沒有告訴其他人吧？」帝奇不依不饒地追問道。

　　氣氛頓時變得緊張起來了。

　　費奇諾無奈地歎息道：「我能告訴誰呢？榮格嗎？就算我告訴他，他也不會相信我的，他一直在阻止我的計劃……」

　　「是嗎？如果你拿出羊皮卷為證，榮格大叔就算不相信你，也應該相信阿爾伯特！他又怎麼會阻止你呢？」餃子也敏感地察覺到了費奇諾話中的漏洞。

　　費奇諾咬咬牙，乾脆地坦白道：「因為羊皮卷裏面沒有確實地提到阿爾伯特找到金色禁果的經歷！」

　　原來如此！就算他們冒險闖進猩紅森林，也不一定真的能找到金色禁果！它只是一個刻在翠玉錄上的傳說嗎？

　　大家的士氣頓減。

　　費奇諾歉疚地說：「對不起，我並不是故意要隱瞞你們的，

我只是太想要救我的族人了！而且羊皮卷中也提到一句，金色禁果是阿爾伯特的希望之光！所以請相信我，它真的存在！」

布布路用力點頭附和：「嗯，好東西當然是存在比較好嘍！我們快走吧，啟明星已經升起來了！」

拜託，希望之光是多麼縹緲的詞語啊！人們就是因為得不到某樣東西，達不成某個目標，才會產生希望！餃子三人瞪着布布路，這傢伙傻天真到沒救了！

希望金色禁果真的存在，希望那些被花苞怪病折磨得奄奄一息的赫爾墨人都能獲救，這樣的他們也算是笨蛋嗎？

「算了，討論這些沒用，我們盡力而為吧！」賽琳娜微笑着給了布布路的腦門兒一個爆栗。

「大姐頭，好痛！」布布路一邊揉着腫起的大包，一邊在險峻的山崖前停住了腳步。

眼前……沒路了？

阿爾伯特的留言

「奇跡馬上就要降臨了！」費奇諾激動地指着天邊，啟明星在空中，一縷金色的曙光從東方升起，太陽就要出來了！

轟隆隆——黑魆魆的谷地裏突然發出了一陣驚天動地的轟鳴聲。

布布路他們腳下的土地猛烈地抖動着，谷底的塵土被大風揚起，一片灰濛濛中，依稀可見有甚麼東西紛紛破土而出！

布布路他們期待地睜大眼睛，塵土散盡，就見一座晶瑩剔

透的美麗橋樑橫臥在峽谷上方！整座橋樑由一塊塊懸浮在半空中的乳白色晶石組成，每塊晶石均是等長等寬，規整劃一，彼此之間的距離差不多有一米，一直連到山谷的另一側。

「天啊，建造這樣一座晶石之橋需要耗費多少人力物力啊！即便到了今天，也很難實現吧！這簡直是一個奇跡！哇，這些懸浮晶石超級稀罕的，好想要啊……」賽琳娜雙手捧頰，興奮到幾乎要暈過去了。

費奇諾驕傲地昂起頭：「再告訴你們一件了不起的事情，羊皮卷上提到，這座隱石之橋可是阿爾伯特獨自一人建成的！」

哇啊，阿爾伯特真是太偉大了！布布路四人均露出了崇拜的神色。

「嘿嘿，你們有沒有覺得這些很像一塊塊豆腐啊？」布布路說着，還用舌頭舔了舔嘴角，一副饞嘴的樣子。

這句話實在是煞風景！其他人都抽了抽嘴角，用一種「不想與他有交集」的表情迴避了布布路的視線。

「布魯！布魯！」四不像率先躍上隱石之橋，就像玩遊戲一樣，從這塊跳到那塊，連跳幾塊「豆腐」後，它突然蹲下來，用爪子開始刨地。

「四不像！不要破壞文物！」布布路趕緊追上去阻止，卻赫然發現原來那塊晶石上刻着一些蝌蚪文。

「這是柏地斯密文！」費奇諾激動地向後招呼哈爾：「快過來看看，說不定是阿爾伯特留下的資訊！」

哈爾認真地看了一會兒，像吟詩一般朗讀道：

追尋真理的勇士啊，我這一生最珍貴最心愛的寶物，正在森林深處閃耀着金色的光輝。

但願你能揭開層層迷霧，發現我的遺世榮耀。

請務必記住，醜陋不代表萬惡，美好不代表幸福。

——阿爾伯特

「寶物和榮耀⋯⋯」賽琳娜腦中靈光一閃：「難道是指金色禁果？」

費奇諾信心滿滿地說：「一定是！文中提到金色的光輝，一定是金色禁果發出的光芒！」

阿爾伯特的留言給了大家莫大的鼓舞，他們一個個都迫不及待地想要快點進入猩紅森林，只有布布路歪着腦袋，不知不

覺落到了隊伍最後。

　　餃子已經走下石橋，回頭一聲吆喝：「布布路，發甚麼呆啊？」

　　布布路雙手抱胸，十分深沉地說：「我在思考那最後一句話的意義。」

　　「醜陋不代表萬惡，美好不代表幸福……不愧是十影王之一，阿爾伯特的話太有哲理了！」賽琳娜無比景仰地感歎道。

　　「沒錯！我終於明白了一個道理──」布布路嚴肅地指着四不像宣佈說：「四不像雖然你長得很醜，但是你並不可惡！」

　　餃子三人無語了。這傢伙到底是怎麼把這句滿含哲理的話和那隻不受控制的醜八怪怪物聯繫到一起的啊？

　　「布魯！」四不像齜着牙追打起布布路，可憐身為主人的布

布路還要抱頭鼠竄。

轟隆隆！當布布路和四不像跳下石橋的時候，他們的背後傳來一聲巨響，石橋再度沉入地下。

原來它的存在就如同曇花一現，是有時間限制的！

「我們現在已經沒有退路了！」眼前是一片被風吹得窸窣作響的猩紅森林，身後是萬丈懸崖，費奇諾說得一點兒都沒錯，他們沒退路了。

餃子覺得自己的「後悔病」＋「怕死病」又發作了。

「各位，打起精神來，先把這種蜜蠟塗在身上，然後把一片甘葉草含在嘴裏吞下。」費奇諾一邊分發東西，一邊解釋：「森林裏的瘴氣不僅對人的呼吸系統有影響，還會侵蝕皮膚。蜜蠟可以隔離瘴氣，甘葉草能削弱瘴氣的毒性……」

「這蜜蠟真香……」布布路嗅了嗅鼻子，正要往身上塗蜜蠟，四不像毫無徵兆地一把搶走了那個罐頭：「喂！四不像，那不是吃的！」

「千萬別讓它吞了！這裏面含有幾種功能性酊劑，吃下去可不得了！」費奇諾趕緊提醒布布路。

「布魯！布魯！」四不像鬧得實在太厲害了，儘管蜜蠟被布布路搶回去了，它還是死死咬着布布路的手臂，不讓他塗蜜蠟。

沒辦法，誰讓四不像一向特別喜歡吃甜食呢？布布路怎麼跟它解釋都沒用，無奈之下，只好將它關進了棺材裏。

費奇諾看到這一幕，哭笑不得地說：「原來你的棺材是用來關怪物的……我長見識了。」

猩紅森林的守衛者
MONSTER MASTER 4

新世界冒險奇談
第八站 STEP.08

魔王的足跡
MONSTER MASTER 4

腐 樹坑的陷阱

　　一行人踩着地上厚厚的枯葉前進，密集的樹冠覆蓋在他們頭頂上沙沙作響，森林裏霧氣繚繞，布布路他們的視線因此受擾，並不能看得很遠。

　　「我們朝着樹木生長的方向走，這樣就不會迷路！如果你們有誰看到金色的光芒閃過，記得一定要提醒我停下！」費奇諾手拿羅盤在前面帶路。

　　賽琳娜環顧四周，又抬頭看看天上，疑惑地問道：「樹木

有趨光的特性，所以枝葉都是應該朝着有陽光的地方生長才對啊，但現在你走的方向卻怎麼是相反的？」

「你說得沒錯，但是我們必須拋棄常識來面對這裏的樹木！它們不喜歡陽光，因此背光生長！」說着，費奇諾揚了揚手中的羊皮卷：「而且阿爾伯特在這上面提到過一句很重要的話！」

賽琳娜好奇地問：「甚麼話？」

「他說——」費奇諾故弄玄虛地拖長了聲音：「無知的人才會被常識局限，但我不是！所以從一開始我就知道這片森林是活的。」

「活的？」帝奇不相信地哼道：「難道它會跑、會動、會說話，或者會吃了我們嗎？」

他的話音剛落——

唰！前面的哈爾一下子不見了！

「哈爾大叔，你在哪裏啊？」大家憂心忡忡地呼喚道。

但四周悄然無聲，哈爾根本沒有回應。

難道帝奇的戲言成真了？這森林吃人了？要不然一個大活人怎麼就突然憑空消失了？

「啊！」隨着一聲急促的尖叫，布布路猛地回頭，走在他身後的賽琳娜居然也不見了！

「大姐頭，她，她，她……嗚噢，有東西抓住了我的腳！」布布路驚慌失措地低下頭，他的半隻腳陷在一堆腐爛的枯葉裏，枯葉上下起伏，裏面絕對有東西！

而且這鬼東西愈抓愈緊，難道是想把他拖下去吃掉嗎？

「見鬼！滾開啊！」布布路猛踹一腳，賽琳娜吃痛的聲音從地下傳出：「布布路，你不救我就算了，還敢踢我！」

哇，鬼東西原來是大姐頭嗎？

餃子和帝奇趕緊過來幫忙把賽琳娜拉了上來，與此同時，費奇諾也在哈爾消失的地方將他從地下拉了上來。

兩人均未受傷，但他們身上都沾到了一股難聞的酸臭味，就好像兩根醃壞了的蕉蘿蔔。其他人都忍不住捏緊了鼻子，賽琳娜鬱悶得要命，恨不能將水精靈召喚出來清洗一下。

「看來這裏地下被腐蝕出了不少坑洞，大家要小心，不要被腳下那層厚厚的枯葉給欺騙了！」費奇諾大聲提醒道。

接下來，每走一步，他都事先用樹枝在前方試探一下。

在走過一段路後，被枯葉覆蓋的地上出現了一排隱隱約約的拖痕，兩邊佈滿了凌亂的足印。布布路興奮地伸出腳和那些足印比了比，啊咧咧，竟然比自己的腳印大十倍都不止！

「糟糕，我們不會碰到毀滅魔王了吧？」哈爾忐忑不安地看向費奇諾。

「說不定就是我們昨晚遇到的那個！」布布路很感興趣地猜測道。

「不可能！從足印看這個比昨天那個要大十倍不止！」賽琳娜搓着滿手臂的雞皮疙瘩，一想到巨蟲在自己面前蠕動的畫面，她就噁心得想吐。

費奇諾揮了揮手，示意大家保持安靜，然後他朝着前方一個巨大的枯葉堆努了努嘴：「我剛剛好像看到了一隻眼睛……」

擋住去路的巨蟲

一股難聞的腐臭味從巨大的枯葉堆裏散發出來。

布布路他們面面相覷，最後餃子三人齊齊將布布路推了出去，費奇諾還貼心地遞了一根粗壯的樹枝給他。

樹枝在布布路的手裏顫抖……

布布路猛吞口水，心臟怦怦地幾乎要跳出胸口了，緊張又興奮地撥開許多枯葉——

哇，眼睛！都是眼睛！那東西露出來的一截身體上盡是金色的眼睛！

所有人都嚇得向後退了三步。

「噓！你們看，它一動不動，也許還沒注意到我們。」餃子對身邊的同伴小聲地咕噥着，眼神一閃的工夫，布布路已經快手快腳地把枯葉堆清理開了。

那是一條渾身長滿金色眼睛的巨蟲！

它的身下密密麻麻的至少有一百條腿，每條腿上都長了一簇簇鋼針般粗的絨毛，圓筒狀的嘴巴裏盡是鋸齒狀的鋒利牙齒……

「啊，好噁心！」賽琳娜打了個激靈，感覺一股寒意從自己的腳底升起：「難道這就是毀滅魔王的真面目嗎？」

她的話音剛落，巨蟲身上的數百隻金色眼睛開始以順時針的方向劇烈轉動起來！

「好暈！」布布路的眼珠子也跟着打圈，身體東倒西歪的，

站也站不穩了。

「小心！它一定是發現我們了！」費奇諾心急火燎地掏出隨身攜帶的火槍，噹噹噹——朝着巨蟲猛烈開火！

裝滿火藥的子彈準確地射中龐大的目標，無一虛發。

帝奇的五星鏢更是認準了那一隻又一隻金色的眼睛，直刺眼球而去。

但這樣猛烈的攻擊都無法對巨蟲造成任何傷害，它的身體毫無弱點堅硬得刀槍不入！

巨蟲猛地扭動了一下沉重的身體，朝着布布路他們發出可怕的咆哮聲，嘴巴張得更開了，腥臭的口水滴滴答答地流淌出來……

「它想要把我們當食物吃掉嗎？」餃子手忙腳亂地召喚出自己的怪物藤條妖妖。

水精靈和巴巴里金獅也在各自的主人身邊蓄勢待發——

一張由藤條編織的天羅地網和一面六邊形的水盾豎立在大家的面前，形成保護屏障。

啪！一聲脆響傳來，大家的心都狠狠地抖了一下，巨蟲發動攻擊了嗎？

啪、啪、啪……更多的脆響聲傳來，巨蟲的身體從中間裂成了兩半。

怎麼回事？它自爆了？

就在大家滿腹疑惑的時候，甚麼東西窸窸窣窣地從巨蟲體內蠕動着鑽了出來！

咦？居然是一條軟趴趴、黏糊糊的巨大猩紅色肉蟲！

「我知道了，它剛剛在蛻殼！那些金色的眼睛都是蟲殼上的花紋，為的就是迷惑我們！這才是它的真身！」賽琳娜恍然大悟道。

「趁現在，我們快打倒它！」費奇諾給火槍加好了子彈，噹噹噹的又是一陣密集的射擊！

肉蟲瞬間被打得皮開肉綻，淒厲地哀號不止。

「費奇諾，太好了！我們打倒毀滅魔王了嗎？」哈爾高興地叫起來：「命運女神是眷顧我們的，本來毀滅魔王應該是無堅不摧的，但我們正巧碰上了它最薄弱的時候……」

「別高興得太早！有情況！」帝奇警覺地環顧着四周。

詭異的聲響鋪天蓋地傳來，甚麼東西在蠢蠢欲動……

四面八方的枯樹葉堆全都劇烈地顫動起來，樹葉像泉水一

般湧出來，仿佛形成了一個樹葉噴泉。

「不好！它的援軍來了！」布布路的話音剛落，就見一條條長滿金色眼睛的巨蟲如潮水般從地下湧出，將大家團團包圍住了！

難道這些巨蟲都是毀滅魔王的分身嗎？看來毀滅魔王並不如他們想像的那麼容易被擊潰！

無路可逃之下，大家只有積極應戰——

藤鞭無影！強力水柱！獅王金剛掌！

……在大伙的合力攻擊之下，一條條巨蟲劇烈地扭動着，掙扎着，地面隨之顫抖不止！

緊接着，在啪啪啪啪的連聲巨響中，這些巨蟲的外殼跟先前那隻一樣爆炸了！那些堅硬的蟲殼頓時化為致命武器！

「水精靈，水盾防護！」賽琳娜指揮水精靈，及時展開了防禦。

隔着水盾，無數堅硬的碎殼如密集的雨點一般砸了過來。

就在大家的視線被擋住的瞬間，布布路急聲提醒：「它們跑了！」

那些退去硬殼的肉蟲嚕嚕嚕地蠕動着，迅速朝一個方向逃去。

怪物大師成長測試

Q04

村子裏的人打算進森林找金色禁果，並制訂了可行的計劃。你答應他們一起前往，但在途中卻發現他們有意向你隱瞞了一部分情況，這樣之前的計劃變得不那麼可靠了。可如果這個時候退縮了，生病的人就會有生命危險，這時你會怎麼辦？

A. 既然計劃不可靠了，很可能我們的行動只是主動送死。保險起見，還是取消行動吧！

B. 還是會陪他們去找金色禁果，但找不到不能怪我。

C. 救人最重要，就算沒有可靠的資料，也要想辦法找到金色禁果。

D. 故意隱瞞是甚麼意思？沒法相信這種人，立刻扭頭走人！

E. 利用他們幫我找到金色禁果，然後獨吞。

A【解答】

A. 你很懂得如何躲避風險，不過在緊要關頭退縮可是會讓人看不起的哦！（5分）

B. 看來你是個很有責任感的人！（3分）

C. 做好事做到底，把別人的危難看得比甚麼都重，豎拇指！（1分）

D. 這種人的確很過分，不過，你是不是也有點斤斤計較了呢？（7分）

E. 你，你讓我說你甚麼好呢？（9分）

完成這個測試後，你可以得到一隻屬於自己的怪物！
測試答案就在第四部的202，203頁，不要錯過哦！！

這是成為怪物大師的必經之路！！！

尊敬的讀者：現在你跟隨布布路一起踏上了成為怪物大師的道路！向所有的困難發起挑戰吧！

MONSTER MASTER

●第八站●魔王的足跡●

新世界冒險奇談

第九站 STEP.09

蟲風來襲

MONSTER MASTER 4

危機升級，小蟲比大蟲更可怕

呼咻——呼咻——

布布路他們踩着枯葉，緊追逃跑的肉蟲。

只是愈往森林深處前進，光線愈暗，氧氣也愈稀薄，大家的呼吸變得愈來愈困難。

布布路的姿勢變得怪異起來，好像四不像一樣，不安分地跳來跳去。

「布布路，你在搞甚麼鬼啊？」跟在他後面的賽琳娜皺着眉

頭問道。

「好癢！大姐頭，我身上好癢啊！」布布路抓耳撓腮，蹭着一棵大樹扭來扭去，全身抖得跟發癲癇一樣！

賽琳娜原本還想訓斥他，這就是不愛洗澡的後果！

但突然賽琳娜意識到了異常之處，因為她的身上也開始不舒服了，即便用雙手去抓撓，也無法緩解這種遍佈全身的癢勁兒！

「壞了！我也覺得癢了！」好像是傳染病一樣，他們渾身上下的每一寸皮膚都癢得難受，哈爾、餃子、帝奇以及他們的怪物都紛紛加入撓癢癢的行列，每個人都恨不得馬上多長出一雙手來。

「怎麼回事？你們沒事吧？」衝在最前面的費奇諾不得不折回來，他背上的木偶抽筋似的抖動着，他本人倒是面色如常。

在大家奇癢難耐的時候，那些肉蟲已經逃得沒影了。

「看來就如阿爾伯特所言，這森林是活的！而我們受到了『特殊款待』……」餃子翻起了自己右邊的衣袖，就見他的手臂上爬滿了又細又長的猩紅色蟲子。

「啊呀呀！」賽琳娜驚聲尖叫，慌亂地拍打着身體，因為她也發現自己裸露在外的手臂和小腿上爬滿了同樣的蟲子，並且活生生地蠕動着！

這些蟲子與森林裏樹葉的顏色幾乎相同，不仔細看根本分辨不出！大家全都又蹦又跳，在樹上蹭，在地上滾，方法百出，想要甩掉這些噁心的蟲子。

然而一切都是徒勞的，蟲子不減反增，順着他們的身體到處爬，大有要將他們完全吞沒的架勢。

「費……費奇諾，殺蟲劑……你有殺蟲劑嗎？」餃子的長辮子裏也鑽進了蟲子，噁心的感覺貼着頭皮傳來，幾乎讓他瀕臨崩潰。

費奇諾驚慌失措地翻着背包，好不容易掏出一瓶藥劑，正要噴灑之際，布布路指着地面驚叫道：「好多……好多蟲子！」

其他人齊齊低頭，枯葉中源源不斷地爬出細長的蟲子，密密麻麻的，好像一片蠕動的蟲海。

「樹上也有！」帝奇的提醒讓大家心裏一沉。

他們又仰頭看去，樹葉間垂下了一根根猩紅色的絲線，無數的蟲子爭先恐後地往下爬，雨點似的掉落在他們身上。

天哪，他們被蟲子大軍織成的天羅地網包圍了！那一小瓶殺蟲劑根本救不了他們這麼多人！

友情的力量！迎戰蟲風

「該死的！這些蟲子到底是甚麼時候開始爬到我們身上的？」哈爾害怕得聲音都在發抖。

「如果我沒猜錯的話，這種蟲子應該是利用自身的顏色進行偽裝，它們藏在森林的枝葉間，與這些枝葉融為一體，從我們進入森林起就中招了！」餃子悔不當初，說不定有好些蟲子已經爬進了他的耳朵、鼻子、嘴巴裏，開始吃他身體裏的內臟血肉

了!

「誰來想想辦法啊?我受不了!這太噁心了!」賽琳娜頭皮發麻,幾乎要暈過去了!

布布路忙着用棺材狠砸靠近過來的蟲子,突然他嗅了嗅鼻子:「咦,這林子裏的酸味愈來愈重了!」

其他人也不禁捏起鼻子,空氣中的酸腐氣味濃得簡直化不開了!

費奇諾像是注意到了甚麼,緊張地警告道:「不好!這些蟲子在呼吸時,會釋放一種酸溜溜的氣體!它們就是猩紅森林中的瘴氣來源!大家千萬不要深呼吸!」

就算在進入森林前做了防護措施,但大家仍感覺到呼吸間有種火辣辣的燒灼感在蔓延……

天哪,難道在被蟲子吞噬殆盡之前,他們的肺會先爛掉嗎?

冥冥之中,毀滅魔王伸出了它的無形魔手,狠狠抓牢了每個人的恐懼神經!

嘎啦——嘎啦——

猩紅色的蟲子蜂擁而來,蠕動着集聚起來,如同擰成了一根粗大的繩子。

嘎啦——嘎啦——

「繩子」愈來愈粗,愈來愈粗……

漸漸地,竟然形成了一股股快速旋轉的猩紅色蟲風。

嘎啦——嘎啦——

一股股蟲風匯聚在一起，形成了一股如巨龍般旋轉的狂暴蟲風，而他們只能眼睜睜地看着這股蟲風呼嘯而來！

死定了！他們會被撕成碎片，屍骨無存！

哈爾絕望地閉上了眼睛。賽琳娜和餃子趕緊將自己的怪物收進了怪物卡裏。

「獅王咆哮彈！」生死關頭，帝奇冷靜地發出了命令。

「吼——」威風凜凜的巴巴里金獅衝着蟲風一聲巨吼！

大家屏息看着那驚天動地的聲波攻擊撞上了快速旋轉的蟲風——

轟！巴巴里金獅的必殺技居然就這樣被蟲風給吞沒了！

呼呼作響的巨大蟲風不可阻擋地繼續逼近……

餃子急中生智地指揮道：「快！大家手把手，聚成一個整體！伏下身，重心下移，穩住啊！」

大家圍攏成圈，彼此的手握得緊緊的，眼神中透出決不放棄的決心！

可是蟲風實在太強烈了，他們的手臂仿佛要被撕裂一樣疼痛着，身體不受控制地搖晃，腿腳虛弱得幾乎失去了感覺……

「忍……住……啊！」布布路艱難地鼓勵道，每個人都緊咬牙關，不敢鬆懈。

嘎啦——嘎啦——蟲風的力道愈來愈大，轉速也愈來愈快，終於小個子的帝奇率先被捲得騰空而起。

整個隊形瞬間亂了，賽琳娜緊緊地抓着帝奇的手，迅猛的蟲風令她睜不開眼，但她知道自己不能放手！

費奇諾突然大叫道：「放開他！不然我們也會被帶進去！」

「笨蛋！放手！」帝奇也大喊着。

賽琳娜被蟲風逼得無法開口說話，但她用行動表明了自己絕對不會這麼做！

很快，賽琳娜也被捲離了地面。與此同時，夾在蟲風中的一根粗大樹枝衝着拉着她的餃子飛去！

只有放開賽琳娜的手，餃子才有機會避開，但如果他這麼做了，賽琳娜和帝奇就危險了……

此刻，餃子的行動快過了他的思想，他居然放開了那隻拉着布布路的手，改用兩手死死地抓住賽琳娜。樹枝險險擦着餃子的頭皮飛過。

幸好布布路反應靈敏，及時拽住了餃子的辮子，可帝奇、賽琳娜和餃子被蟲風一溜煙地捲進半空中，好像被吹得東倒西

歪的風箏一樣劇烈地擺動着。

　　費奇諾見狀，當機立斷地鬆開了布布路的手，轉而用身體將哈爾壓在地上，自己用雙手死死地抓着地面上的樹根。

　　措手不及的布布路被蟲風颳離了原來的位置，他見勢抓住了觸手可及的一棵斷樹，拼命地與蟲風展開了「拔河」戰！

　　「快放手！笨蛋！」帝奇的聲音夾着呼嘯的蟲風傳來。

　　布布路的腦袋裏只有一個念頭：哪怕手斷了，也絕對不能鬆開抓着同伴的手！

　　同伴就是你敢於將後背交給他的人！

　　四個預備生不約而同地想起了尼科爾院長的話，這一刻，他們的心連在了一起！

「吼──」巴巴里金獅再也顧不得帝奇傳達給它的「自我保護」的意願，縱身向上撲去，想要救回自己的主人。

對於這種自投羅網的行為，蟲風像是恭候多時，轉眼就利用旋渦的引力將金獅給捲了進去！

「巴巴里！」帝奇一急，之前硬撐的一口氣亂了。

嘎啦──嘎啦──他終於被蟲風給吞沒了！

接着，賽琳娜、餃子、布布路一一中招！

他們就如同無根的浮萍般在半空中被吹得忽上忽下，無數夾雜在蟲風中的枯葉殘枝就如同鋒利的刀片一樣在每個人的身上劃下無數道傷⋯⋯

布布路勉強地睜開眼，一片模糊中，他看到了一隻猙獰的金色眼睛正近距離地瞪着他⋯⋯

是毀滅魔王嗎？它來毀滅他們了？

「危⋯⋯危險！」布布路想要提醒大家，但喉嚨像是被堵住了，窒息的感覺伴隨身體被撕扯的痛苦，他最後的意識，拚命告訴自己頂住⋯⋯

不，我不能死！

我要幫助赫爾墨人找到救命的金色禁果！還要打敗邪惡的毀滅魔王！

對了，我想跟同伴一起成為真正的怪物大師！

我還要找出當年的真相，給爸爸洗脫罪名⋯⋯

但他的眼皮沉沉的，怎麼也睜不開了，迷迷糊糊中，布布路感覺到死亡在靠近⋯⋯

猩紅森林的守衛者

MONSTER MASTER 4

新世界冒險奇談

第十站 STEP.10

在樹下看風景的少女
MONSTER MASTER 4

盲眼的公主

「喂，你沒事吧？醒一醒……」

誰？這個好聽的聲音是叫他嗎？布布路猛地睜開眼，就看到一片耀眼的金色。

布布路揉揉眼睛，想要看清到底是甚麼東西，結果撲通一聲，臉朝下摔到地上，額頭上瞬間鼓起一個大包，整個人也清醒了。

「你沒事吧？」布布路灰頭土臉地爬起來，轉頭一看，他的

面前居然站着一個比他年長幾歲的美麗少女，他剛剛看到的金色就是她的璀璨金髮。

少女穿着一身華麗至極的紅色長裙，那裙角一直拖到地上，裙擺大大地撐開着，樣式相當古典⋯⋯哦哦哦，布布路想起來了，他在大姐頭收集的華服圖鑒中看過這樣的服裝，當時大姐頭說，那是她奶奶的奶奶的奶奶的那個時代，貴族小姐出席國王舉辦的舞會時才會穿的禮服。

少女掏出一塊手帕，向前伸了伸，碰觸到布布路的臉後，溫柔地替他擦去了沾到的泥土和枯葉。

布布路的臉一下子變得紅彤彤的，這個少女一定是個高貴又好心的千金小姐，不，也許還是公主殿下⋯⋯但是公主殿下怎麼會出現在這片猩紅森林中呢？天哪，難道她是被毀滅魔王抓來的嗎？

布布路的臉色轉青，擔心地回望着少女，但他隱隱感覺到一絲異樣，少女那雙宛如海水般湛藍的眼睛好像在看着他，又好像沒在看着他。

「你是誰？」布布路脫口問道，不過他立刻又想起爺爺曾經說過，問別人姓名之前應該先自我介紹，便趕緊補充道：「我叫布布路，今年十二歲了，是摩爾本十字基地的怪物大師預備生，我來龍骨谷是為了幫科娜洛導師取藥劑⋯⋯」

他老老實實地將自己為甚麼會出現在這裏的經過說了一遍，最後皺着眉說：「⋯⋯我和同伴被蟲風吹散了，醒來後就到了這裏。」

少女友善地笑道:「布布路,你好!我是莉莉絲,一直生活在這裏。」

「就你一個人?那不是很不安全?」布布路警惕地環顧左右。

莉莉絲輕輕地搖了搖頭:「不會啊,我還有很多朋友在這裏。」

很多朋友啊,真羡慕!但是他們都在哪裏?難道公主的朋友都是自己看不見的精靈?布布路好奇地揉揉眼睛,想要看得更清楚。

莉莉絲側過身去,耳朵悄悄動了動,語氣溫柔又肯定地問:「布布路,你身邊是不是帶着一隻厲害的怪物?」

厲害的怪物?不是在說四不像吧?布布路這才想起,四不像還被關在棺材裏呢!

「你搞錯了,我的怪物一點都不厲害。」布布路連忙打開棺材,一個暗紅色的身影躥了出來。

「布魯!布魯!」被關了這麼長時間,四不像氣瘋了,張開大口咬向布布路的手臂,疼得布布路倒抽一口冷氣。

莉莉絲微微一笑:「原來它叫四不像啊,這個名字真有趣!我的感覺不會錯的,它真的很厲害哦!」

四不像仿佛聽懂了莉莉絲的話,用鼻孔對布布路噴了幾口粗氣,咻溜一下躥到莉莉絲的懷裏,親昵地蹭着她的臉頰。

布布路的嘴巴張成了「O」形,如果他沒記錯的話,這是四不像第一次對食物以外的東西表現出興趣呢!

莉莉絲先是嚇了一跳,隨即用手摸索着四不像的臉,還輕

輕招了招它的長折耳，愉快地笑道：「布布路，你的怪物真可愛！」

拜託，四不像哪裏可愛了？布布路差點兒脫口而出心裏的實話，但他忽然注意到莉莉絲的動作和常人不同，驚訝地問道：「你的眼睛看不見嗎？」

莉莉絲點點頭。布布路覺得遺憾極了，這麼美麗又善良的人居然是盲人！

莉莉絲仿佛能讀懂布布路的心思，微笑着說：「雖然我的眼睛看不見，但我可以聞到氣味，聽到聲音，用心去和別人交流。也因為這樣，我更懂得珍惜那些容易被人忽略的情感。」

布布路覺得莉莉絲的話大有哲理，對她更有好感了。

莉莉絲平靜地看着遠方，慢慢地說：「而且我並不覺得自己真的看不見，因為我一直在這裏看風景，只是別人是用眼睛看，而我是用心去體會這份寧靜。」

「可是同一處風景看久了不會厭倦嗎？」布布路不解地撓撓頭。

莉莉絲的臉上露出了一絲哀傷，歎息道：「即使是同一處風景，每天也都在變化，我可以感受到它的變化。也許不知道哪天，這裏的風景就永遠消失了！」

布布路真誠地說：「你說得很有道理，可我還是認為總看一片風景會乏味。我以前在影王村的時候，從來沒有想到外面的世界有這麼大，這麼精彩！不如你跟我一起出去吧，不過我得先找到我的同伴們！」

「你和你的同伴關係真好!真羨慕!」莉莉絲露出了懷念的表情,陷入回憶般地笑道:「你讓我想起了一個人,很久以前我遇到他的時候,他也說了同樣的話……布布路,你是個好孩子,所以我願意幫你找到你的同伴。」

莉莉絲的警告

「真的嗎?你能幫我找到他們?」布布路激動得一蹦三尺高。

莉莉絲沒有回答,只是將雙手交握在胸前,神態專注,口中唸唸有詞。

她在幹甚麼?布布路對此十分困惑。

許久,莉莉絲放下手,如釋重負地鬆了口氣,對布布路笑道:「你的同伴們馬上就要來了!」

布布路半信半疑地四下張望。

「布魯!」四不像踢了布布路一腳,衝着一個方向大叫起來。

窸窸窣窣——窸窸窣窣——一種詭異又熟悉的聲音傳來,布布路立刻緊張地擋到了莉莉絲前面。

「你在擔心嗎?沒事的,它們正把你的同伴送來。」莉莉絲溫柔地說。

布布路甚麼都聽不進去,因為他們的正前方出現了一隊肉蟲,它們迅速蠕動着逼近過來了!

數量太多了,估計一時半會兒他根本打不完所有的蟲子,布布路的額頭冒出豆大的冷汗,拉起莉莉絲就要逃:「快離開!這

裏很危險!」

　　莉莉絲反手握住布布路的手，安慰說：「別害怕，你再仔細看看!」

　　布布路緊張地盯着如潮水般湧來的肉蟲，突然他的眼睛一亮，驚喜地叫道：「餃子!大姐頭!帝奇!費奇諾!哈爾大叔!」

　　這些肉蟲的背上正駄着他的同伴，甚至連昏迷的巴巴里金獅也在其中。

　　「太棒了!莉莉絲，難道你可以指揮這些蟲子嗎?」布布路好奇地問。

　　莉莉絲謙虛地搖搖頭：「不，這不是指揮!我是用氣味信號在和它們交流，請它們幫助我。」

　　氣味信號交流?布布路聽得似懂非懂，不過他也顧不上細問，因為他要趕快叫醒大伙兒。

餃子扶着額頭，茫然地掃視了周圍一圈，虛弱地說：「我一定還在做夢……做夢……」

賽琳娜一睜開眼，面前就是一條胖乎乎的肉蟲在與她對視。

「啊啊啊——」賽琳娜嚇得跳了起來，等注意到自己正站在一片「蟲海」上，又眼睛一閉，往後倒了下去。

帝奇使勁晃了晃昏昏沉沉的腦袋，腳步不穩地從蟲背上爬起來。

「這，這到底是怎麼回事啊？」費奇諾攙着哈爾站起，兩人都不敢相信地看着眼前的情景。

布布路趕緊向大家解釋：「這是我剛認識的新朋友，叫莉莉絲，就是她請肉蟲幫忙找到你們的！」

新朋友？相比缺心眼的布布路，其他人就謹慎多了。

餃子不動聲色地問：「這片森林不是被毀滅魔王控制了嗎？怎麼會有人在這種滿是瘴氣的森林裏生活呢？」

其他人也紛紛對莉莉絲投去探究的目光，她神情端莊，行為有禮，看上去身份不凡，好像是——尊貴的公主殿下！不過這怎麼可能？

莉莉絲平靜又不失氣度地說：「我在這裏生活了這麼久，從沒見過甚麼毀滅魔王。不過我倒是可以看見你的內心——」

莉莉絲伸手指向餃子：「你，是人類中的異類！」

餃子一怔，若有所思地盯着莉莉絲，卻出人意料地沒有反駁。

莉莉絲轉向帝奇，誠懇地說：「你很強，但很難達到你希望

的最強，因為你的好勝心太強了，如果能摒除雜念的話，你的成就會更大。」

帝奇抿着脣角，暗自攥緊拳頭，一副不服氣的樣子。

莉莉絲又轉向賽琳娜，嘴角露出一絲笑意，柔聲說：「你心胸開闊，為人爽朗，是個值得結交的朋友！」

賽琳娜驚訝地挑挑眉頭，有些得意地笑了。

當莉莉絲轉向費奇諾時，表情隱隱有些厭惡：「你心浮氣躁，執念太深，不小心控制的話，就會被自身的魔性吞噬。」

費奇諾豁達地點點頭：「的確，每個人都有缺點，我也不例外！謝謝你的忠告，我以後會注意的！」

莉莉絲深深地「望」了費奇諾一眼，又轉向哈爾，憐憫地說：「你的生命之火正在減弱——」

哈爾像是喘不過氣似的，虛弱地反問道：「我是不是快死了？嗯，我覺得很不舒服……」

費奇諾頓時收起笑意，生氣地吼道：「一派胡言！哈爾只是有些憔悴，但身體絕對健康。你不要詛咒我的朋友！」

不僅費奇諾的態度驟變，連他背上的人偶也像受到感染一樣，惡狠狠地瞪着莉莉絲。

看着面色蒼白又呼吸急促的哈爾，布布路擔心地問：「莉莉絲，你是不是弄錯了？哈爾大叔說不定只是體質比較差！」

莉莉絲堅定地搖了搖頭：「我沒有弄錯。布布路，你很善良，但你太容易信任別人了，所以你要小心，不要把那些圖謀不軌的人錯認成了你的朋友，比如他——」

莉莉絲毫不留情地指向費奇諾：「如果他真的在乎朋友，就不會帶你們來這裏！」

費奇諾目光閃爍地看着莉莉絲，憤怒地咆哮道：「我圖謀不軌？我冒着生命危險來這片森林，就是為了救村裏生命垂危的同胞，其中還有哈爾的兒子！」

「莉莉絲，你別誤會，費奇諾不是壞人啦！」布布路也幫腔道。

莉莉絲沉默了，表情變得複雜又悲哀。

與此同時，哈爾撲通一聲栽倒在地，他的背上冒出了許多金色的花苞！

怪物大師成長測試

 森林裏突然颳起了巨大的蟲風，你的朋友被捲了進去。如果你拉住他，不但你會遭殃，其他隊友也會被捲進去，這時你會怎麼辦？

A. 當然是竭盡所能抓住他，有難同當嘛！

B. 放手，然後跟他揮手再見。

C. 努力救他，但如果會殃及其他人的話，只能犧牲掉他了。

D. 一面拉住他，一面想辦法找出蟲風的運行軌跡，計算出正確的逃生路線脫險。

E. 拉住他，但如果會牽連別人的話，就鬆開另一隻手跟他一起被捲走。如果僥倖脫險，至少還可以幫他逃出來。

A【解答】

A. 不拋棄，不放棄，你的人緣一定很好！(1分)

B. 你這個幸災樂禍的傢伙！(9分)

C. 雖然是無奈之舉，但你的確很冷酷。不過，自古成大事的人好像都是你這種人。(7分)

D. 你應該是團隊中的智囊人物吧！(5分)

E. 你是一個很值得信賴的同伴，不過有的時候可能會有點太冒失了。(3分)

完成這個測試後，你可以得到一隻屬於自己的怪物！
測試答案就在第四部的 202，203 頁，不要錯過哦！！

這是成為怪物大師的必經之路！！！

尊敬的讀者：現在你跟隨布布路一起踏上了成為怪物大師的道路！向所有的困難發起挑戰吧！

MONSTER MASTER
LOVE DREAMS

第十站●在樹下看風景的少女●

猩紅森林的守衛者

MONSTER MASTER 4

新世界冒險奇談

第十一站 STEP.11

金色禁果

MONSTER MASTER 4

消失的生命之火

天哪，哈爾也染上了花苞怪病嗎？

布布路他們倒抽一口冷氣，不敢相信地盯着哈爾的後背。

「你對他做了甚麼？」費奇諾暴怒地指着莉莉絲質問道。

「我甚麼也沒做。」莉莉絲平靜地說。

布布路四人的目光在費奇諾和莉莉絲之間移動，氣氛到了劍拔弩張的地步！

「我懂了！」費奇諾冷笑道：「你就是傳說中的『毀滅魔王』」！

你是故意變成少女的模樣想要迷惑我們！要不然你怎麼可能一個人住在這裏，這些蟲子怎麼會聽你的指揮！是你散佈了怪病，想徹底毀滅我們的村子！」

「布魯！布魯！布魯！」四不像一下子跳出莉莉絲的懷抱，氣呼呼地衝費奇諾齜着尖牙，好像是在維護莉莉絲。

充滿正義感的賽琳娜插入了兩人中間：「不！我覺得不是莉莉絲做的，她最先遇到的人是布布路，如果她有心害人可以先對布布路下手，而不是提醒哈爾大叔他的生命將要走到盡頭了……所以，我認為，哈爾大叔很可能之前在村子裏就被感染了！」

布布路贊同地說：「大姐頭說得有道理，莉莉絲是我的朋友，她不是壞人！」

「你不會是被她迷惑了吧？毀滅魔王的城府可是很深的！」費奇諾沉着臉反駁道。

餃子扶起哈爾：「夠了，別吵了！不管怎麼樣，我們必須快點找到金色禁果，才能救人。」

費奇諾悶哼一聲，不再爭辯了。

布布路的腦子閃過一道靈光，急忙說：「莉莉絲，你長期居住在這裏，又和這些蟲子是好朋友，你可以請它們幫我們一起尋找金色禁果嗎？」

「金色禁果？」莉莉絲的臉上露出一絲疑惑。

賽琳娜簡短地將金色禁果的傳說說了一遍。

莉莉絲低頭沉思了片刻，鄭重地說：「我明白了，我帶你們

去找金色禁果。」

布布路握着莉莉絲的手，高興地直搖晃：「謝謝你。」

餃子三人詫異於莉莉絲的爽快，阿爾伯特尋找了一生的東西，他們怎麼可能這麼容易就找到？

費奇諾瞇着眼，懷疑地問：「你真的知道金色禁果在哪裏？」

莉莉絲不卑不亢地說：「你可以選擇不相信我，也可以不跟我走，我並沒有義務向你多做解釋。」

費奇諾看向陷入昏迷的哈爾，他身上的花苞正漸漸綻開，或許撑不了多久了！

「好！如果你真能幫我們找到金色禁果，我們赫爾墨人將對你不勝感激；但如果你想欺騙我們的話，我絕不會輕饒你！因為村子裏的病人已經沒時間再浪費了，而這裏的瘴氣導致哈爾的怪病一發作就足以致命……另外，我必須向你道歉，剛剛是我的態度過激了，請你原諒。」費奇諾真誠地說。

布布路四人不免有些動容，費奇諾真的很關心自己的族人啊！

「人類啊，永遠都無法反省錯誤的根源。」莉莉絲輕輕咕噥了一聲，隨即雙手交握放於胸前，集中精神與蟲子開始溝通。

四周的肉蟲窸窸窣窣地蠕動着，溫順地在每個人面前伏下身。

又要坐在蟲子背上嗎？太噁心了！餃子拉着腿軟的賽琳娜爬上蟲子。帝奇揚手將巴巴里金獅收回怪物卡中，靈活地跳上了肉蟲的背。

四不像掙開布布路的手，歡快地鑽進莉莉絲的懷裏，徹底將布布路這個主人拋之腦後。

肉蟲馱起所有人，往森林深處爬去。

蟲穴

許久，他們的眼前一黑，肉蟲猛地潛入了地下！

青灰暗沉的光線下，一個如同巨型蜂窩的六面體出現在大家眼前，每一面的石壁上都有無數洞孔。一條條黏糊糊圓滾滾的肉蟲在洞孔裏鑽進鑽出，忙碌地搬運着枯葉和殘枝。

賽琳娜只看了一眼，渾身就起滿了雞皮疙瘩。

餃子和帝奇偷偷背過身去，捂住嘴巴，一陣乾嘔。

唯獨布布路絲毫不受影響，好奇地觀察着這一切。

肉蟲將大家馱到了空洞中間的一棵巨樹前。這棵巨樹根莖極粗，要幾十人才能合抱，樹幹向上直長到洞頂，根本看不到

頭，樹枝間佈滿了密密麻麻的細長紅蟲，不仔細看的話，就會錯把它們當成了猩紅的枝幹！

　　一想到剛剛讓他們吃足苦頭的蟲風，大家就瞬間進入了備戰狀態。

　　「你甚麼意思？為甚麼帶我們到這裏來？」認為自己受騙上當了的費奇諾厲聲質問道。

　　莉莉絲沒有理睬他，她仰起臉，專注地看着猩紅色的樹冠下方垂吊着的一顆顆碩大的靛青色果子。

　　突然，一顆靛青色果子好似破殼的雞蛋，噗地出現了一條裂紋，一團沾滿青色黏液的東西從裏面滾落出來。

　　布布路他們凝神一看，那是一條肉乎乎的青色幼蟲！那半透明的身體裏甚至可以看到內臟！

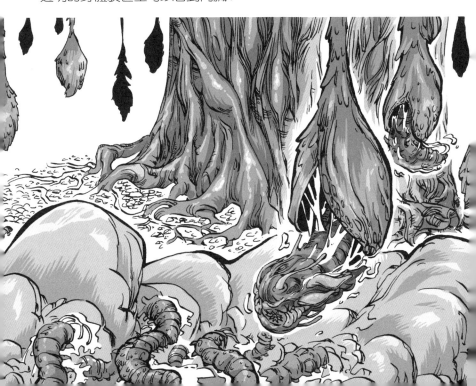

「難道這些果子都是蟲卵嗎？」布布路震驚地說。

噗噗噗……仿佛是為了印證他的話，果子一顆接一顆地裂開，一條又一條的青色幼蟲破殼而出。

這個地方……分明就是蟲子的巢穴！

一股莫名的寒意爬上脊背，大家驚恐地看着這些幼蟲受到感召般，笨拙地蠕動着身體，齊刷刷地朝他們爬了過來！

「你果然沒安好心！把我們帶到這裏是想把我們餵蟲子！」費奇諾憤怒地瞪着莉莉絲，他已經做好了拚命的準備。

餃子三人心中的不安陡然加深，她真的願意幫助他們找到金色禁果嗎？還是她只是個徒有其表的壞蛋……

「我相信莉莉絲不會這麼做的。」布布路信賴地說。

「我帶你們來窟洞是因為，只有在這裏，你們才能找到金色禁果。」莉莉絲一邊說，一邊緩緩地蹲下身，溫柔地笑着，伸手去撫摸那些幼蟲，就好像一個在照顧自己孩子的母親！

幼蟲圍攏在她的身邊，爭先恐後地向她致意示好。

看來莉莉絲和蟲子的關係非同一般，絕對不只是她口中的朋友那麼簡單！

金色禁果的真面目

「哈爾，哈爾！你怎麼樣了？」費奇諾焦慮的叫聲引起了大家的注意。

哈爾痛苦地抽搐着，身上的金色花苞綻放的速度竟然加快

了……

　　費奇諾急得滿頭大汗，懇切地說：「莉莉絲，不管你打算把我怎麼樣，求求你救救哈爾！一旦這些金色花苞全部盛開，哈爾的生命也將走到終點！求求你告訴我金色禁果在哪裏！」

　　莉莉絲似乎在斟酌着甚麼，沉默地站在原地。

　　「大姐頭！」餃子忽然感覺肩頭一重，賽琳娜軟綿綿地倒在他身上，她的手臂上赫然長出了一朵象徵死亡的金色花苞。

　　布布路心急如焚地看着賽琳娜：「大姐頭怎麼會感染到的？難道是被哈爾傳染的嗎？那我們豈不是……」

　　他的話說到一半停住了，不祥的預感籠罩在眾人心頭。

　　莉莉絲的表情有了變化，她擔憂地朝賽琳娜的方向「看」去。

　　「該死的！我們又倒下了一個同伴！接下來會是誰？這三個孩子和我都難逃一死嗎？」費奇諾忍無可忍地衝着莉莉絲吼道：「你是不是打算等我們所有人都病發身亡，再帶領這些蟲子襲擊我們的村子？我一直說服自己相信你，也想着即便犧牲自己也要保全其他人，但這一切都只是我愚蠢的想法！現在我要告訴大家真相！這裏其實就是毀滅魔王豈可拉的巢穴！」

　　「豈可拉」，這幾字擲地有聲，在洞中回音繚繞。

　　哈爾迷迷糊糊地睜開眼，虛弱地說：「別提……千萬別提到毀滅魔王的名字……你忘了嗎？赫爾墨一族祖祖輩輩都嚴禁唸出這個詛咒的名字……」

　　「我管不了這麼多了！反正我們都要死了！」費奇諾像是豁出去了，他的胸部劇烈地起伏，雙目赤紅，仇恨地盯着莉莉絲。

布布路擋到費奇諾和莉莉絲中間，着急地說：「莉莉絲，請你救救哈爾大叔和大姐頭吧！」

「事到如今，你還相信她！讓開——」費奇諾端起火槍，直指向布布路：「要不然我連你一起打死！」

布布路固執地站在那裏，護着莉莉絲這個朋友。

「快說！金色禁果在哪裏？快說啊！」費奇諾發狂般嘶吼着，砰砰砰！居然毫不手軟地對布布路連發三槍。

布布路踉蹌着往前一步，面朝下栽倒。

「布布路！」餃子急切地喊道。

帝奇甩了甩手，三顆子彈叮叮噹噹地落到地上：「他沒事。」

「布魯！」四不像猛地跳到布布路的背上，得意地扭動着屁股。

原來剛剛千鈞一髮之際，帝奇用細到肉眼幾乎無法看到的蛛絲擋住了子彈，而四不像則是掄起一腳，將他踹開數步。

「費奇諾，你不要亂來。」費奇諾顯然已經聽不進餃子的喊聲了，槍口徑直指向了莉莉絲。

然而莉莉絲似乎渾然不覺危險，仰首「看」向樹冠：「注意，你們要的東西來了。」

劈里啪啦——一顆顆靛青色的蟲卵紛紛裂開，青色的幼蟲好像下雨一樣落到地上，其中有一道金色光芒在大家面前一閃而過，費奇諾不由得放下了槍。

「在那裏！」布布路指着一堆下墜的青色幼蟲，裏面有一顆金色果子閃閃發亮，骨碌碌地滾動着，格外醒目。

　　布布路眼疾手快地撿起這顆金色的果子，它的大小跟核桃差不多，一隻手就能握住，表皮上有些凹凸起伏，還沾了青色的黏液。布布路皺起眉頭，難以置信地問莉莉絲：「這不會也是蟲卵吧？」

　　莉莉絲微微頷首：「是的，這就是你們要找的金色禁果。」

　　眾人大吃一驚，誰也沒想到他們夢寐以求用來救命的金色禁果居然是……是蟲卵！他們真的要把豈可拉的蟲卵餵到哈爾和賽琳娜的嘴巴裏嗎？

　　餃子像是想到了甚麼，眼中一亮，誦唸道：「『醜陋不代表萬惡，美好不代表幸福。』還記得阿爾伯特刻在石橋上的話嗎？別猶豫了，餵他們吃下去吧！」

　　「可是……這裏只有一顆金色禁果，要給誰吃啊？」布布路的目光猶豫地在哈爾和賽琳娜之間徘徊。

　　大家面面相覷，這可是一道艱難的選擇題。

猩紅森林的守衛者
MONSTER MASTER 4

新世界冒險奇談
第十二站 STEP.12

作繭自縛
MONSTER MASTER 4

奇 異的蟲卵

只有一顆救命的金色禁果，究竟該給誰呢？村子裏那些病人又該怎麼辦呢？

莉莉絲仿佛讀懂了布布路的心思，柔聲道：「別擔心，金色禁果不止一顆，它是孵化失敗的豈可拉的蟲卵，對蟲子來說沒甚麼用，你們盡可以拿去。不過我想解釋一下，雖然我不知道你們為甚麼一直說豈可拉是毀滅魔王，可事實上，豈可拉正是居住在這裏的蟲子的總稱，代表蟲族。」

毀滅魔王的真面目其實就是生活在猩紅森林的蟲族——豈可拉？

那赫爾墨人想要消滅的就是這些蟲子嗎？但他們夢寐以求的金色禁果又是蟲卵……呃，好複雜啊！布布路撓撓頭，覺得腦子要短路了。

聽到這裏，餃子和帝奇已經意識到這件事不對勁了，但最重要的是先救人！

「莉莉絲，能再給我們一顆金色禁果嗎？」布布路急切地問。

莉莉絲點了點頭：「可以，不過需要等蟲卵自行墜地。」

「既然這樣，就先吃一顆試試效果吧！」餃子掃了眼哈爾，又瞥向賽琳娜，指揮布布路說：「先給哈爾大叔吃吧，他的時間不多了！」

布布路心情複雜地看了眼意識模糊的賽琳娜，想到如果大姐頭在清醒的狀態下，也一定會先讓哈爾大叔服用的，於是他小心翼翼地餵哈爾吃下了金色禁果。

大伙兒屏息凝神地等待結果。

奇跡出現了！哈爾背上的金色花苞一朵一朵地脫落，氣息也逐漸變得平穩，他慢慢地睜開了眼，茫然地看着周圍的人：「我……我怎麼了？」

費奇諾興奮得幾乎語無倫次：「哈爾，你得救了！太好了！這種金色蟲卵真的是金色禁果！你身上的金色花苞全都掉了！哈哈……我終於找到金色禁果了！」

「你在說甚麼金色蟲卵啊？」哈爾不明就裏地看着費奇諾。

此時，費奇諾的目光已經完全被那棵掛滿靛青色蟲卵的參天大樹吸引了，看樣子並不打算和哈爾解釋。

餃子只好簡單地對哈爾解釋：「你們一族期待的救命聖藥其實就是豈可拉的蟲卵。」

「豈……豈……」哈爾難以置信地瞪大眼睛，似乎不敢說出豈可拉的全名，只是結結巴巴地重複道：「你說我們苦苦尋求的寶物是毀滅魔王的蟲卵……不，不可能吧？」

「嗚……」賽琳娜發出一聲難受的呻吟，臉色泛青，身上的金色花苞吸收足了養分後，花瓣一片片綻放，顏色也顯得更加豔麗。

「大姐頭，堅持住啊！」布布路握着賽琳娜的手，着急地為她打氣。

帝奇則目不轉睛地留意着掉落的蟲卵。

餃子憂心地問莉莉絲：「請問還要等多久才能掉下一顆金色禁果呢？大姐頭萬一等不到……」

感受到三個孩子對同伴的關切之心，莉莉絲歎了口氣，無奈地說：「抱歉，我們必須遵從自然規律……」

費奇諾打斷了她的話，懇求地說：「你在這裏住了那麼久，肯定收集了不少金色禁果吧？求你拿出一顆來救救這個女孩吧！如果你不幫忙，照這樣下去，她可能很快就沒命了！」

布布路三人眼巴巴地望着莉莉絲，賽琳娜的救治已經刻不容緩。

莉莉絲仰頭「看」向掛滿蟲卵的大樹，坦誠地說：「我沒有

金色蟲卵，它們通常在落地後，過不了一天就乾枯了。」

金色禁果還有時效？就算他們能成功救活賽琳娜，可村裏那些病入膏肓的村民又怎麼辦呢？

莉莉絲看透了他們的心事，嚴肅地補充道：「我希望你們不要為了獲得金色蟲卵而破壞豈可拉的繁殖規律，人類為了私欲肆意改變自然界的規律，必然會在今後的漫長歲月裏受到懲罰！」

費奇諾的邪念

「見鬼的自然規律！」費奇諾暴喝一聲，發狂般的衝向巨樹，一路重重地踩過那些剛剛孵化出的青色幼蟲。

被踩扁的幼蟲還來不及發出慘叫，體內的綠色汁液迸濺，痛苦地扭動了兩下身體，就死去了！

「停下！快停下！」莉莉絲渾身發抖，對費奇諾的所作所為十分憤怒。

「布魯！布魯！」四不像儼然已站到了莉莉絲這邊，強力譴責費諾奇的作為。

沙沙沙沙……圍繞在莉莉絲身邊的幼蟲騷動起來。

遠處巡邏的成蟲接收到資訊，立刻齊刷刷地向這邊爬來，揮着利爪，磨着尖牙，撲向費奇諾。

「住手，費奇諾！」布布路對費奇諾這種忘恩負義的行為很不贊同，這樣等於背叛了帶他們來尋找金色禁果的莉莉絲。

費奇諾卻對周遭的目光視若無睹。他背上的人偶突然扭過

臉，衝着布布路詭異地笑了笑，一雙黑洞洞的眼中散發着邪惡的光芒。

面對幾百隻成蟲的包圍，費奇諾毫不畏懼，反而敏捷地跳到它們的背上，借力躍上樹幹。他那隻異於常人的手臂發揮了強大的作用，使得他像猿猴一樣，一路順利地向上攀爬。

許多沒成熟的靛青色果子紛紛被扯落在地，柔軟的外殼破裂了，流出綠色的汁液，裏面依稀能看出雛形的幼蟲也被摔得四分五裂。

「住手，快停下來！不要殘害生命！」莉莉絲撕心裂肺般地尖叫起來。

費奇諾無動於衷地用右手吊在樹杈上，左手高高揮起……

意識到他的企圖，布布路焦急地大喊道：「費奇諾，停下！即使你想救大伙兒，也不能做到這種地步啊！」

費奇諾卻毫不留情地一下子掃開樹冠上大片的靛青色果子。愈來愈多未成熟的蟲卵墜落下來……終於，在一片變得稀疏的靛青色中，有一道金燦燦的光芒閃過。

「哈哈！金色禁果！我找到了！我終於找到了！」費奇諾靈活地攀爬到了樹冠上，伸手將那顆金色蟲卵抓了下來！

意想不到的事情發生了——

巨樹仿佛活了過來，無數蒼勁有力的根莖破土而出，猛地纏住了費奇諾。

「該死的！放開我！」費奇諾掏出匕首想要割斷這些根莖，可沒想到的是被刺破的地方迅速滲出了一些綠色的液體，將斷莖

又牢牢地黏在了一起。

　　緊接着，愈來愈多的根莖探過來，短短數秒鐘，將費奇諾從頭到腳全部包裹住了。

　　無法動彈的費奇諾眼球暴突，臉憋成了難看的豬肝色，他拚命地張大嘴巴，喘着粗氣，他背上的人偶也痛苦得仿佛要死掉了一般，虛弱地掙扎着，想要脫離根莖的束縛……

　　「哈爾！哈爾救我……」費奇諾的聲音消失了。

　　「費奇諾！」大病初愈的哈爾搖搖晃晃地站起身，眼睜睜地看着費奇諾最終被裹成了一個靛青色的繭子！

　　「不行，我們要救費奇諾！」雖然費奇諾的做法太偏激，但他是為了救賽琳娜和村子裏的人才鋌而走險，布布路覺得不能對他見死不救。

　　「藤條妖妖，藤鞭攻擊！」藤條妖妖聽令，兩根強化硬度的藤鞭抽向青繭的根部。

沙沙沙——一根粗壯的根莖鑽出樹幹，擋住了藤條妖妖的藤鞭攻擊！

帝奇召喚出巴巴里金獅：「巴巴里，咬斷那些根莖！」

「吼——」金獅一躍而上，張開大口咬上那團根莖，打算將青繭扯落下來。但這些根莖不僅柔韌無比，還具備了意識般從樹幹中鑽出，一下子撲向金獅……

「巴巴里，回來！」帝奇一聲令下，金獅奮力一掙，掙開幾根捆縛在它身上的根莖，躍回帝奇身邊。它的身上被勒出了幾道血痕，但那個青繭卻紋絲不動。

布布路急切地轉身喊道：「四不像，過來！」

被點名的四不像依然站在莉莉絲身邊，關心地扯了扯她的裙擺，做了個抹眼淚的動作，示意她別哭，根本就不理睬布布路的召喚。

「你！算了！」這個不務正業的傢伙，看在它安慰莉莉絲的分上，布布路砰地卸下棺材，準備自己上。

帝奇因為金獅受傷而火大，與布布路分別一左一右向青繭發起攻擊！

但是他們的對手速度更快——

沙沙沙！

就在他們靠近的一剎那，無數根莖鑽地而出，好似巨蟒般死死地纏住了他們的腳踝，並快速將他們拉升到空中。

「布布路！」餃子剛想過去幫忙，身體就凌空而起，巨樹像是被激怒了，根莖洶湧地撲出，將他死死纏住，吊在了半空中。

怪物大師成長測試

Q 06　你的朋友在生死關頭，這時，盲眼少女突然告訴你金色禁果竟然就是孵化失敗的蟲卵，並給了你一顆，你會怎麼做？

A. 趕緊拿給朋友吃，救人最要緊！

B. 當然給朋友吃，沒有人會傻到毒害一個要死的人。

C. 餵朋友吃下，同時監視盲眼少女，如果有問題絕不放過她。

D. 自己先嘗嘗，沒事的話再給朋友。

E. 給朋友吃，如果有效的話，把周圍的金色禁果都搶過來。

Ⓐ 【解答】

A. 你果然是個單細胞的人啊！(1分)

B. 豎大拇指，我就說你聰明得不像話嘛！(5分)

C. 你的警戒心還是一如既往的高啊！(7分)

D. 喂喂，只有一顆蟲卵，你吃了，朋友怎麼辦？(3分)

E. 你讓我說你甚麼好呢？貪心的傢伙！(9分)

完成這個測試後，你可以得到一隻屬於自己的怪物！

測試答案就在第四部的 202，203 頁，不要錯過哦！！

這是成為怪物大師的必經之路！！！

Ⓜⓞⓝⓢⓣⓔⓡ Ⓜⓐⓢⓣⓔⓡ
◆LOVE! DREAMS!◆

尊敬的讀者：現在你跟隨布布路一起踏上了成為怪物大師的道路！向所有的困難發起挑戰吧！

● 第十二站 ● 作繭自縛 ●

新世界冒險奇談
第十三站 STEP.13

蟲族女王——莉莉絲
MONSTER MASTER 4

被激怒的森林

事情糟得不能再糟了！

賽琳娜躺在地上，生命垂危；吃了金色禁果的哈爾剛剛恢復意識，身體還很虛弱；費奇諾和他的人偶早就被裹成繭子，處境更危險；布布路、餃子、帝奇、藤條妖妖和金獅都被倒吊在樹上。只是他們比費奇諾稍微幸運一些，頭部並沒有被纏住，勉強可以呼吸。

餃子像是豁然領悟了：「怪不得說這片森林是活的！我終於

懂了!」

「莉莉絲,你能讓這棵樹把我們放下來嗎?」情急之下,布布路只好向莉莉絲求助。

莉莉絲卻沒有回應布布路的懇求,她蹲下身,心疼地捧起那些被破壞的蟲卵。

「莉莉絲……」布布路再度呼喚。

餃子及時打斷道:「別求她了,她現在一定恨死我們了,不會幫我們的!還不如叫四不像幫忙,好歹它也是你的怪物!」

布布路費勁地扭過頭,就見四不像咻溜一下躥到一條肉蟲的背上,威風凜凜地朝這邊趕來了!

沒想到這隻怪物還能指揮蟲子過來幫忙,布布路對四不像的印象大為改觀。

「太好了!四不像,快把我們放下來……喂,四不像!四不像!」布布路的慶倖並沒有維持太久,四不像竟然對他視若無睹,騎着蟲子昂首挺胸地從他們腳下通過,帶領着一批肉蟲搬運走了那些幼蟲的屍體,隨即飛快地撲進莉莉絲的懷中,撒嬌似的蹭了兩下。

「叛徒!」餃子扭頭朝布布路咕噥道:「我說,你們到底誰才是它的主人啊?」

餃子的話正中了他的痛處!布布路沮喪無比。

「有時間研究這個,不如想想怎麼脫困吧!」倒吊外加拚命掙扎的緣故,帝奇腦袋開始充血,臉漲得通紅,視線也變得模糊起來。

　　布布路關心地看向帝奇，這下子全都束手無策了。

　　這時，莉莉絲抱着四不像，悲憤地朝他們走來，厲聲質問道：「我當你們是朋友，所以滿足你們的心願，帶你們來取金色禁果，結果你們卻殘酷地剝奪了豈可拉的生存權利！你們口口聲聲說它們是毀滅魔王，但你們的行徑才是破壞，才是毀滅！魔王？與人類外表不一樣就是魔王嗎？那你們看我又算甚麼？」

　　莉莉絲憤怒地掀開了長長的裙擺。

　　布布路三人的眼中頓時閃出驚恐的光芒——天哪！莉莉絲的腿根本不是人類的腿，而是八條長滿粗硬絨毛的蜘蛛腿！每條腿都被堅硬的外殼包裹着，折彎處堅利如刀。不僅如此，就連莉莉絲的腹部也像昆蟲一樣裹着堅硬的腹殼，上面佈滿了猩紅色的條紋。

　　怪不得莉莉絲總是挺拔地站立着，怪不得她穿的長裙會蓬得那麼誇張，這一切都是為了掩飾她的異於常人啊！

　　莉莉絲的下半身竟然是蟲子！

　　窸窸窣窣……隨着莉莉絲的移動，她身旁大大小小的蟲子都開合着巨大的下顎，張牙舞爪地朝布布路他們湧來。

　　「壞了！壞了！能夠操控豈可拉，她真的是赫爾墨人口中的毀滅魔王本尊！她這次一定氣瘋了，要把我們殺得一乾二淨來解恨！」餃子毛骨悚然地哀歎道。

　　「不會的，莉莉絲不是這種人！」即便被莉莉絲的真面目給嚇到了，布布路依然選擇相信莉莉絲這個朋友。

　　餃子對布布路的榆木腦袋十分頭疼，痛心疾首地說：「你還不明白嗎？她和我們是不一樣的，她不是人類，而是傳說中的毀

滅魔王!現在我們死定了!」

「不,我不是甚麼魔王……」莉莉絲輕歎一聲,表情變得哀傷起來:「我是人,至少曾經是個地地道道的赫爾墨人!我之所以會變成這樣,完全是因為愛。」

布布路不解地問:「愛?愛怎麼會把你變成這樣?」

愛的代價,豈可拉的由來

莉莉絲神色哀慟,眼眶泛紅,思緒陷入了久遠的回憶中:「五百年前,不,也可能是一千年或者更久以前……那一年的冬天很冷,赫爾墨族發生了一件轟動的大事,有個男人煉出了賢者之石,從此世人稱他為『赤色賢者』……」

「阿爾伯特?」餃子三人驚訝不已,難道莉莉絲的過去和阿爾伯特有關?

莉莉絲淡淡地笑了笑,繼續說道:「他準備將這塊珍貴的石頭作為女兒的誕生禮物。沒想到,女兒一出生就呼吸困難,手腳冰冷,身體虛弱得只能生活在恒溫箱裏……冬天寒冷的天氣總讓她喘不過氣來,死神似乎隨時都會奪去她的生命!

「儘管他是世界上最了不起的煉金師,煉出了世界上絕無僅有的賢者之石,儘管身為怪物大師的他擁有的怪物可以將人身上的傷口取走,轉移到敵人身上,但他卻對自己女兒的先天性疾病無能為力!不甘心的他絞盡腦汁、夜以繼日地煉造可以醫好女兒的聖藥。

「七年過去了，他仍然找不到方法。他的妻子受不了他整天把女兒關在恒溫箱裏的做法，也受不了他的神經質，經常與他爭吵。深受打擊的他一度懷疑自己做錯了，但一看到女兒的臉他就很快振作起來。之後他在極地森林裏看到祖先雕琢的翠玉錄，上面記載着：一個老人被困在極地森林，飢餓難耐，卻沒有一點兒食物。後來，他看到了一顆岩谷蟲的金色蟲卵，以為是果實，就吃了下去，沒想到卻變得耳聰目明，疾病全消……

「這個記載宛如一道曙光，讓男人振奮不已！他深入當時還是綠意盎然的極地森林，用盡了各種方法尋找金色蟲卵。然而在數萬、數十萬甚至數百萬的岩谷蟲卵中都沒有發現他想要的金色蟲卵。這個概率太小了！就算他等到死，也等不到一顆金色蟲卵來救他那個病危的女兒！

「於是男人催化了這種岩谷蟲的進化，讓它們在短短十年裏進化了十萬年的歲月，成了現在被稱為豈可拉的蟲族。它們原本就依附在樹上生存，進化後更是與整片樹林融為一體，繁殖數量也大大地提升了。就這樣，男人得到了金色蟲卵，他欣喜若狂，以為終於可以救他的女兒了。」

說到這裏，莉莉絲頓了下，四不像用爪子輕輕抹去了她眼中滲出的淚珠。

「謝謝你。」莉莉絲摸了摸四不像的腦袋。

「那後來呢？」布布路心急地想知道這個故事的結局。

「後來，他把獲得的四顆金色蟲卵入藥，給女兒服下，女兒果然很快康復了！但他萬萬沒想到，這種萬能的神藥居然產生

了可怕的副作用。不久之後，他的女兒雙目失明，下半身開始蟲化！」莉莉絲長歎了一口氣，這段回憶令她十分疲倦。

聽到這裏，布布路恍然大悟：「故事中的女兒就是你？你就是阿爾伯特的女兒？」莉莉絲輕輕地點點頭。

「可你為甚麼要住在這片森林裏呢？」餃子對莉莉絲的遭遇同情不已。

「因為半蟲化的我沒辦法再跟人類生活在一起，所以父親將我送進極地森林的深處，並對村子裏的人謊稱我已病死。自己暗中建造了一座隱石之橋，每天過來看我。就這樣一年又一年，父親老了，但我還是這副模樣，沒有絲毫改變……從吃下金色蟲卵後，我的時間就停止了……最後父親去世，赫爾墨一族也繁衍了一代又一代，但我還是每天在樹下等待着……」莉莉絲緊閉着雙眼，但是止不住的熱淚還是順着臉頰流了下來。

四周的蟲子靜靜地趴在莉莉絲身旁，一種悲哀的情緒蔓延在空氣中。

「嗚嗚嗚……所以你就一直在樹下等你的父親嗎？嗚嗚嗚……太感人了！」布布路哭得稀里嘩啦，不過因為他是倒吊着的，結果淚水鼻涕糊得滿臉都是！

「布魯！布魯！」四不像哭得更凶，氾濫的眼淚還把胸前的灰毛都給打濕了，瞧這樣子，更難看了！

「我知道我的父親已經不在了，但我內心仍期待着，也許有一天，他會再次出現，將我再度變成一個正常的人……」莉莉絲的雙目「遙望」遠方，輕輕地歎息道。

追尋真理的勇士啊，我這一生最珍貴最心愛的寶物，就在森林深處閃耀著金色的光輝。但願你能揭開層層迷霧，發現我的遺世榮耀。

餃子一字一句地唸出那段刻在石橋上的話，他終於明白了：「原來阿爾伯特所說的寶物就是你！」

只是阿爾伯特的愛卻毀掉了最親愛的女兒的一生！

這是一個多麼讓人痛心的故事啊！

沙沙沙沙……無數蟲子從四面八方湧來，向站在中心的莉莉絲直起上半身，整齊地搖擺腦袋上的觸鬚。

布布路三人居高臨下地望去，就像一片猩紅色的海浪在翻湧，壯觀極了！

莉莉絲站在蟲海之上，仿佛受到豈可拉朝拜的女王殿下！這令布布路想到了第一眼看到莉莉絲的感覺，尊貴、莊重、美麗，果然是傳奇故事中才有的人物！

「原來是這樣……原來是這樣……我們最崇拜、最引以為傲的十影王之一，居然是所有災難的罪魁禍首！」在這片宏大的聲勢中，突兀地響起了一個激憤尖厲的聲音！

新世界冒險奇談

第十四站 STEP.14

森林淨化系統

MONSTER MASTER 4

立場顛倒，震撼的真相

哈爾搖搖晃晃地站直身體，憤怒地指着莉莉絲譴責道：「我真沒想到，受到赫爾墨一族敬重的阿爾伯特竟然因為私心而創造出毀滅魔王！你知道這些傢伙都做了些甚麼嗎？」

哈爾的胸口劇烈起伏，聲音因為氣憤而尖厲走調，雙眼似乎可以噴出足以灼傷人的怒火。

莉莉絲止住悲傷，嚴肅地說：「我說過很多次了，我不知道你們為甚麼管豈可拉叫『毀滅魔王』，但請你不要忘記了，你的

性命到底是怎麼保住的!」

「我不否認,我的命的確是靠豈可拉的金色蟲卵才得救的!但我一點兒也不感激它們!」哈爾的臉漲得通紅,渾身劇烈地顫抖不停:「都是它們破壞了森林,污染了可以淨化空氣的巨龍吐息,降下污濁之雨,使得整個龍骨谷寸草不生,嚴重威脅到我們族人的生存!為了消滅它們,我們付出了慘痛的代價……那些染上可怕花苞怪病的人全都痛苦地死去了!說到底,錯誤的源頭是它們!是它們犯下了不可饒恕的罪行!」

哈爾的眼眶濕潤,雙腿一軟,跪倒在地,悲痛地哀號道:「我的兒子,我心愛的兒子……也正被這種怪病威脅,說不定……說不定他現在已經凶多吉少!」

「你兒子的事情我很難過,可我不得不提醒你,是你弄錯了……」莉莉絲剛開口,就被哈爾打斷了。

哈爾激動得連氣都快喘不過來了,聲嘶力竭地指責道:「作為一個父親,我可以理解阿爾伯特,可作為一個赫爾墨人,我痛恨他的所作所為——為了救自己的女兒,居然將災難帶給整個赫爾墨一族!」

莉莉絲悲憫地「看」着哈爾,沉聲說:「我爸爸因為違背自然規律,已經受到了報應。有生之年,他一直被痛苦和懊悔折磨着。但他從沒有做過危害赫爾墨一族的事!讓我來告訴你真相吧!豈可拉一直勤勤懇懇地守護着這片森林,守護着龍骨谷!真正犯下了不可饒恕的罪惡,給赫爾墨一族帶來滅頂之災的是你們自己!而最讓我感到痛惜的是,你們非但對事實視而不見,還

顛倒是非，責怪這些善良的蟲子！」

「我們顛倒是非？」哈爾難以置信地看着莉莉絲，仿佛她剛才講了一個天大的笑話一樣：「你……你憑甚麼這麼說？」

布布路三人更加糊塗了。

「布魯！布魯！」只有四不像一本正經地連連點頭，表示支持莉莉絲。

莉莉絲正色說：「我在極地森林裏生活了這麼久，是最了解這片森林的人！你們知道極地森林的淨化系統嗎？」

極地森林的淨化系統？布布路三人搖搖頭表示不知道。

莉莉絲解釋道：「這片森林的循環系統與豈可拉息息相關，甚至可以說，豈可拉才是森林的本體！你們現在看到的這棵蟲樹，它的樹根在地下延展，遍佈整個森林和龍骨谷。樹根吸收谷地裏的濁氣，尤其是煉金時產生的各種污染。這些污染物隨着蟲樹的循環系統進入森林，與樹葉連成一體的豈可拉會吸收濁氣，等淨化之後，再通過巨龍吐息將潔淨之雨降落到谷裏。」

「淨化空氣的主要是這些蟲子？」哈爾的嘴張得幾乎能塞下十個雞蛋了，只是他又立刻反駁道：「你在胡說，如果真是這樣，為甚麼極地森林會變成猩紅色？」

莉莉絲沉痛地說：「極地森林之所以會變成猩紅色完全是人類造成的！人類破壞自然的速度愈來愈快，煉金釋放的污染愈來愈多，蟲子們已經來不及淨化所有的濁氣！難道你們沒有注意到嗎？剛孵化出來的豈可拉幼蟲是青色的，變成成蟲之後，它們就會不斷地吸收污染，來不及淨化的污染物堆積在體內，才會

變成猩紅色。」

原來如此!布布路三人心中一驚,恍然大悟地紛紛點頭。

「你說的……都是真的嗎?」哈爾陷入了迷茫,因為莉莉絲的話完全顛覆了他們赫爾墨一族長久以來的信念。

「如果你不相信,可以留下來,用自己的雙眼去見證一切。只不過時間已經不多了……你們造成的污染太嚴重了,森林淨化系統早已不堪重負,很快就要崩潰了!我看着它一步步、一天天地走向滅亡……」莉莉絲痛心地摸了摸身邊的蟲子,眼中淚光閃閃。

「難怪我遇到你的時候,你說,每一天的風景都在變化,也許有一天,這裏的風景就要永遠消失了……」布布路心裏悶悶的,有種說不出的難過。

哈爾啞口無言。

赫爾墨一族以煉金為生,尤其是這幾百年,為了取得更大的榮耀和發展,他們源源不斷地從自然界索取資源,而對實驗過程中產生的有害元素和煉金廢水卻隨意處理。

他們一直以為,巨龍的吐息會將這些廢棄物淨化乾淨,所以肆無忌憚,卻從沒反省過自己的所作所為,一直在污染土地和水源。直到森林紅得如同淌血,巨龍的吐息翻滾成黑色,帶來具有腐蝕性的污濁之雨,他們才注意到周圍的環境變化已經不可挽回。

但他們依然不知悔改,不僅無恥地自認為是森林的守衛者,理所當然地將罪責推給了這些無辜的蟲子,還打算將它們

全部滅絕！

　　人類才是真正的毀滅魔王！

卑鄙的始作俑者

　　得知真相之後，哈爾幡然醒悟過來，究竟誰才是毀滅魔王，誰才是真正的森林守衛者！

　　他痛心疾首地捶打着地面，臉上佈滿淚水，不過想到病重的兒子，他還是心虛地反駁道：「可是……可是就算這樣，豈可拉也不應該將致命的花苞怪病傳染給人類啊！難道，它們是打算報復我們嗎？」

　　「哎呀，布布路，你後腦勺上長出金色花苞了！」餃子驚詫地叫道。

　　「你也是！」帝奇迅速地掃了餃子一眼。

　　「帝奇，你身上也有啊！」布布路吃力地扭過頭，驚訝地叫道。

　　帝奇緊抿着唇角，冷淡地說：「我知道。」

　　餃子絕望地哀歎道：「這一定是森林的懲罰，看來我們要葬身在這片森林裏了！」

　　莉莉絲嚴肅地解釋說：「你們所染的怪病絕對和豈可拉無關，我想你們最好仔細調查一下，到底是從甚麼地方感染到的！」

　　莉莉絲的樣子不像在撒謊，可問題到底出在哪裏呢？

　　餃子不確定地分析道：「我們感染上花苞怪病可能是在村子

的花房，但追根究底，費奇諾說那些最初患病的人是因為在森林被豈可拉搞了鬼，才長出金色花苞的……」

眾人不由自主地齊齊望向那隻青繭。

繭子掛在那裏紋絲不動，費奇諾的呼救聲也已經聽不到了，難道他死了嗎？

四不像跳離莉莉絲，朝着費奇諾掉在地上的背包撲去，用鼻子使勁地嗅了嗅：「布魯！布魯！布魯！」

四不像滿臉厭惡地將背包翻了個底朝天，裏面瓶瓶罐罐倒了一地。它左爪拿起一罐蜜蠟，右爪拿起一瓶琥珀色的藥劑，對着布布路揮舞了兩下，還噗噗地直吐舌頭！

「這不是費奇諾讓我們塗上抵擋森林瘴氣的蜜蠟嗎？」餃子若有所思地望着四不像。

「嗚……它在笑我是白痴……」布布路鬱悶地咕噥道。

帝奇哼了一聲：「你才知道啊！」

四不像將兩樣東西往莉莉絲手裏塞。莉莉絲嗅了一下那罐蜜蠟後，立刻皺起眉頭：「我不清楚這個東西能否抵擋瘴氣，但它裏面含有的物質足以致命！」

「難怪進入森林前，四不像鬧着不讓我塗蜜蠟，原來它早就知道蜜蠟有問題！」布布路恍然大悟，充滿歉意地看着四不像，是他誤會了它的好意啊！

四不像不屑地揚起脖子，啪啪啪地跺着一隻腳。

「這蜜蠟怎麼會有問題？」哈爾無比驚訝地問。

莉莉絲解釋說：「小時候，我常年住在爸爸的實驗室，對煉

金術略懂一點，我敢斷定導致你們身上長出金色花苞的就是這罐蜜蠟！幸好，四不像找出來的另外一瓶藥劑是解藥。」

說着，莉莉絲舉起那瓶藥劑，小心翼翼地滴了三滴到賽琳娜的嘴裏，奇跡頓時發生了！

賽琳娜身上的金色花苞一下子全枯萎了，自行脫落在地。賽琳娜呻吟了一聲，慢慢地睜開眼睛，除了虛弱之外，看來已無大礙。

「我兒子有救了！」哈爾一臉喜悅。

「太好了！」布布路驚喜地說。

帝奇卻鐵青着臉，眼中冒出了憤怒的火花。事情絕不像費奇諾所說的那樣，沒想到自己居然被這個卑鄙的傢伙利用了！

「糟了！費奇諾之前給了我們升級怪物能力的濃縮膠囊，不知道那個有沒有問題？」餃子驚呼。

四不像立刻又從滿地的雜物中找出裝着濃縮膠囊的罐子遞給莉莉絲。

莉莉絲仔細查看後說：「放心吧，這個沒問題，但是提高攻擊力只能持續一天而已，估計他是想借用你們怪物的力量。」

說着，她又擺出了和蟲子交流的動作，蟲子應和似的發出了整齊的沙沙聲。

咚，咚，咚，咚！撲通！纏住布布路他們的根莖突然縮了回去，三人和兩隻怪物應聲摔落在地，巴巴里金獅無疑是最沉重的一聲。

「莉莉絲，你原諒我們了嗎？」布布路高興地想要一躍而起，但被倒吊了那麼長時間他腿麻了。

四不像幸災樂禍地蹦躂過來，嘲笑着將藥劑丟給布布路他們服用。

布布路舒展着身體，將那些枯萎的金色花苞全部抖落在地：「哈哈，又活過來了！真好！」

莉莉絲微微笑了一下：「原諒你們的不是我，而是豈可拉，但它們說無法原諒那個殘害了無數幼小生命的男人！」

看着周圍這些長相醜陋的蟲子，餃子自嘲地說：「看來我們還不如四不像聰明。我們看到村民們痛苦的樣子，就相信他們是受害者；聽到費奇諾慷慨激昂的話，就相信他是為了救自己的同胞。我們只會用眼睛看表像，卻不懂得用心去傾聽。我現在終於明白阿爾伯特前輩的真言了──醜陋不代表萬惡，美好不代表幸福。」

MONSTER MASTER
A LOVE DREAMER

這是成為怪物大師的必經之路！！！

路！向所有的困難發起挑戰吧！

尊敬的讀者：現在你跟隨布布路一起踏上了成為怪物大師的道

●第十四站●森林淨化系統●

怪物大師成長測試

你不幸染上了致命的花苞怪病，而這時你突然發現竟然是你一直信賴的朋友陷害了你，你會：

A. 我最討厭被人背叛了，從此絕交！

B. 狠狠地教訓他一頓！

C. 反省自己，關鍵是以後不能再那麼輕易相信別人了。

D. 問他理由，如果可以的話，希望能幫他改正缺點。

E. 哈哈，我是故意上當的，其實我早就知道了。

A【解答】

A. 你是一個很正義的人，不過你不太會寬容別人吧？（3 分）

B. 確實很可恨，確實很想狠狠地教訓他一頓，不過自己也有原因啊，喂！（7 分）

C. 吃一塹長一智嘛，以後你就愈來愈圓滑了。（5 分）

D. 你很大度，而且是很難得的大度！（1 分）

E. 你知道了還故意上當，你是有多無聊啊！（9 分）

完成這個測試後，你可以得到一隻屬於自己的怪物！

測試答案就在第四部的 202，203 頁，不要錯過哦！！

猩紅森林的守衞者
MONSTER MASTER 4

新世界冒險奇談
第十五站 STEP.15

破繭而出的男人
MONSTER MASTER 4

不可思議的重生

一切都水落石出了，那致命的花苞怪病原來是費奇諾搞的鬼！可他為甚麼要這麼做？一種被欺騙和背叛的感覺在大伙兒的心頭沸騰起來。

「我真是沒想到啊，為甚麼會這樣……費奇諾他不僅害了我的兒子，還害了那麼多村裏人……他怎麼可以這麼做？」哈爾痛心疾首地問。

被裹成繭子的費奇諾當然不可能回應哈爾的提問，雖然他

可能聽到了，也可能永遠都聽不到了……

賽琳娜攀着餃子的肩膀站起來，安慰道：「哈爾大叔，不要多想了，目前最重要的是趕回村裏救人！」

「還有別忘了，在太陽下山前，阻止赫爾墨人對豈可拉的攻擊行動！」帝奇冷靜地提醒道。

莉莉絲大驚失色：「赫爾墨人要對豈可拉發動攻擊？」

哈爾覺得自己有責任阻止這場悲劇的發生，他連忙向莉莉絲保證：「請放心，我絕不會讓這樣的悲劇發生！我們現在就趕回村子，將一切都告訴大家！」

咔咔咔……「你們去不了……」青繭裏突然傳出一個陰森森的聲音，繭子的中間還出現了一條細小的裂縫。

布布路他們一驚，費奇諾還活着？

咔嗒咔嗒……裂縫愈來愈大，陰笑聲也愈來愈猖狂。

砰！繭子整個炸裂開，費奇諾從裏面掉下來，重重地摔在地上，腦袋歪向一邊，如同一團軟趴趴的棉絮般毫無聲息。

「咦，費奇諾沒呼吸了？」布布路探了探他的鼻息：「難道他又睡着了？」

「笨蛋，他脖子都斷了！」帝奇沒好氣地白了他一眼。

「費奇諾已經死了，」賽琳娜驚叫道：「那剛才是誰在說話？」

咔咔咔……「你們這羣傻瓜，去死吧……去死吧！」陰森森的聲音再次響起，帶着邪惡的氣息。

布布路和帝奇同時往後跳開一步，帝奇指着費奇諾的後背急叫道：「是那隻人偶在說話！」

人偶晃動着腦袋，雙眼暴突，邪惡地注視着每一個人，嘴裏還在咔吧咔吧地咀嚼着搶到的那顆金色蟲卵，腥臭的青黃色唾沫從它的嘴巴裏淌落。

嘶！大家都倒吸了一口冷氣。

吞下金色禁果後，人偶的臉皮開始脫落，雙臂從內部撕裂成鐮刀狀，它扭動着身體，慢慢爬出了三獸皮袍，露出了鼓脹的腹部！

「嗷嗷——」人偶仰首發出恐怖的叫聲，它的面部猛地崩裂開，化成了尖三角的蟲腦袋，雙腿也變成了健壯的蟲腿，渾身長出無數鋼針一樣的硬毛。它笨拙地轉動着腦袋，查看自身的變化……

突然布布路眼尖地捕捉到了一個細節：「它……它的背上有只金色眼睛！」

餃子豁然醒悟：「我知道了！昨晚我們在温室裏看到的黑影就是這傢伙！」

「嗯，我剛剛在蟲風中也看到了！」布布路補充。

大家對目前的情況相當困惑，費奇諾死了，可他操縱的人偶卻蟲化了！這不就說明人偶必然具備了意識和靈魂？難道真如費奇諾在見面時介紹的一樣，他用了邪惡的法術成功煉製人偶？

咔咔……人偶蟲化的下顎發出難聽的聲音，鬼氣森森地說：「該死的！為甚麼……為甚麼恢復不了人身？我明明已經吃過三顆金色禁果了，這第四顆應該可以讓我像神一樣永生不死

了啊！為甚麼會變成這樣？」

它的口氣像極了費奇諾。

無法原諒的邪惡靈魂

「你難道是……費奇諾？」哈爾難以置信地看着人偶，試探地問。

咔咔咔……「很高興你還能認得我，老朋友。我才是真正的費奇諾！」蟲化的人偶陰陽怪氣地回答。

「如果你是真正的費奇諾，那他又是誰？」布布路不相信地指着地上的屍體問。

費奇諾貪婪地打量着每一個人，隨即發出邪惡的大笑聲，說出了令人瞠目結舌的真相：「真正的傀儡人偶是那具屍體，我才是本體！它之所

以那麼真實，因為在它的身體裏，我用煉金術囚禁着人類的靈魂。」咔咔咔咔……「它可是我最忠實的奴僕！很可惜，這麼好用的道具，竟然壞掉了。不過，沒關係，我馬上就可以得到更新鮮的靈魂。」

說完，他又用那貪婪的目光打量着每一個人。

賽琳娜不能接受地摀住嘴，厭惡地說：「你竟然使用那麼邪惡的煉金術，你的靈魂已經墮落，你簡直罪不可赦！」

「你懂甚麼！」費奇諾暴躁地揮舞着一雙鐮刀長足，歇斯底里地咆哮道：「你們這種天生的幸運兒，小小年紀就能成為摩爾本十字基地的怪物大師預備生，你們的未來如此輝煌，怎麼可能明白我的痛苦和艱辛！」

「天生的幸運兒……啊！」餃子重複了一遍這幾個字，也不知他此刻的面具底下是甚麼表情，但從語氣聽出滿是譏諷：「那你不如說給我們聽聽，你的人生是何等的痛苦和艱辛？」

「只會抱怨不公的人，永遠都是弱者！」帝奇對費奇諾的話嗤之以鼻。

費奇諾怪異地怒吼道：「誰說我是弱者！我三歲時就展露了超於常人的煉金天賦，我的嗅覺、味覺和對煉金的領悟力無人能比！所有人都說我將來有希望超越十影王阿爾伯特，成為赫爾墨族最厲害的煉金師！

「但命運偏偏就是這麼不公平，他給了別人親情、財富、聰慧等想要的一切，而我呢？卻連最基本的健康都沒有！我一生下來就沒有免疫力，就算最普通的割傷都可能會要我的命。村裏的每一個人當面稱讚我是『赫爾墨一族的驕傲』，背地裏卻說『天賦高有甚麼用，又活不長』。

「從小到大，陪伴我的只有人偶，只有它不會取笑我！不會同情我！不會反抗我！也只有它不會離開我！所以我刻苦鑽研煉金術，我不甘心輕易地死去，像我這樣無父無母的人，如果死去也不過像一片枯葉落地，沒有任何人會記住我！所以我要成為一個名垂千古的偉人！

「這樣……即使我死了，所有人都會知道世界上有一個叫作費奇諾的人曾經來過！」

費奇諾的言辭一度激烈到幾乎失控，但隨即他舒了口氣，繼續說：「也許老天都被我感動，讓我無意中發現了阿爾伯特的遺物！一本記載了阿爾伯特所有煉金祕術的筆記和一瓶裝有三顆金色禁果的玻璃密封瓶……我的生路來了！」

哈爾的臉色一沉，嚴厲地打斷道：「費奇諾，難道你叫我翻

譯的那本羊皮卷其實就是阿爾伯特的遺物？」

「到現在才明白，真是太遲鈍了……」咔咔！費奇諾嘲笑着哈爾的愚蠢。

哈爾怒瞪着費奇諾質問道：「阿爾伯特的遺物應該交由赫爾墨族的首領保管，不允許任何人據為己有。你到底是用了甚麼卑鄙的手段才得到了這兩樣東西？」

費奇諾陰邪地回瞪着哈爾，冷冰冰地說：「你認為我封印在人偶中的靈魂是哪兒來的？說起來榮格應該感謝我，如果不是我將上任首領的靈魂封印在人偶裏，他怎麼可能那麼早就當上赫爾墨一族的首領？」

布布路心裏難受得要命，他簡直不敢相信世界上居然還有這麼邪惡的人！

「你為甚麼要這麼做？你的良心被惡魔奪走了嗎？」哈爾痛心疾首地衝到費奇諾的面前嘶吼道。

費奇諾麻木不仁地說：「因為我別無選擇！當我吃下第一顆金色禁果後，病真的痊癒了，身體內還充滿了力氣。我欣喜若狂，迫不及待地吃下了第二顆、第三顆，誰料到我的下半身卻開始蟲化了！如果村裏人看到我的變化，他們一定會把我趕走，說不定還會想方設法殺死我！於是我下定決心要隱藏自己的真身，恰好上一任首領因為懷疑我偷了阿爾伯特的遺物找上門來，我就趁機擒獲了他，將他的靈魂分離出肉體，封印在我製作的人偶容器裏，自己則假裝成人偶趴在他背上，操縱他成為我的代言人。不過就在剛剛，他終於解脫了，我感應到他的靈魂已經灰

飛煙滅了！」

「你實在太可怕了！上任首領明明對你那麼好……」極度憤怒之下，哈爾不顧一切地揮出了拳頭。

費奇諾反手踢出長足，將哈爾撞飛出去，憤恨地吐了口唾沫，咆哮道：「得了吧，少提那個假惺惺的人！他不是說希望能幫我分擔痛苦嗎？那這些年來我讓他做傀儡有甚麼錯？」

「費奇諾……」哈爾絕望地看着費奇諾：「你不可救藥了。」

賽琳娜和莉莉絲趕緊跑過去查看哈爾的傷勢，哈爾吐出了一口血，氣息有些微弱。

費奇諾的大言不慚讓布布路心中燃起憤怒的火焰，他忍無可忍地低吼道：「卑鄙的傢伙，我一定要痛扁你一頓！」

餃子拉住布布路，不動聲色地說：「但是你卻得不到第四顆金色禁果，所以就卑鄙地利用了村裏人嗎？」

「哈哈，想套我的話。」費奇諾看穿了餃子的想法：「我就如你所願，告訴你所有的祕密吧！這是多麼完美的計劃，如果沒人知道，我會感到寂寞的。我相信，當你們分享完我的計劃後，一定會加倍佩服我的。」

望着神色各異的眾人，費奇諾伸出長滿青苔的長舌頭，舔了舔嘴角，貪婪地說：「根據翠玉錄的記載，吃下四顆金色禁果即可永生不死，我當然要找到第四顆金色禁果，超脫於人類的生命週期，成為真正的神！

「於是我在那些勇者身上動了手腳，讓他們長出金色花苞。在怪病波及整個村子後，救子心切的哈爾也乖乖答應替我翻譯

了那本筆記，得知了安全進入猩紅森林的方法，接下去就是幫手的問題！原本最理想的對象是科娜洛，可她卻派了你們幾個預備生過來⋯⋯

「不過這樣也好，畢竟科娜洛非常熟悉煉金術，她的經驗和閱歷也很豐富，我可沒自信一定能騙到她。

「在進入森林前，我讓你們塗上蜜蠟是為了在找到金色禁果後，讓你們這些沒有利用價值的廢物病發死掉，到時只要把一切的過錯都推給豈可拉，我的祕密就永遠不會泄露出去了！可這麼完美的計劃，都被你破壞了！」

說到這裏，費奇諾打量着自己的身體，惡狠狠地質問莉莉絲：「你說，為甚麼我吃了四顆金色禁果卻沒變回人形？是不是你動了手腳？」

費奇諾蠕動着身體，一步步朝莉莉絲逼近過去。一股令人作嘔的邪惡臭氣從他蟲化的身體裏散發出來⋯⋯

布布路四人將莉莉絲護在身後，警惕地盯着費奇諾。

這個人已經沒救了，他的身體和心靈都已經墮落腐化了！

「費奇諾，你想幹甚麼？」憤怒戰勝了恐懼，賽琳娜大聲喝問道。

「這還用問嗎？當然是幹掉你們！沒有人能泄露我的祕密！」費奇諾發出毛骨悚然的笑聲，揮舞着鐮刀長足，狂暴地衝向他們。

猩紅森林的守衛者
MONSTER MASTER 4

新世界冒險奇談
第十六站 STEP.16

罪與罰！貪婪者的悲劇
MONSTER MASTER 4

泯滅的人性

　　吃了四顆金色禁果的費奇諾已經完全喪失人性，打算將所有人趕盡殺絕！

　　「費奇諾，沒有人能逃過命運的制裁，你必須為自己的貪婪付出代價。」莉莉絲站了出來，蟲子大軍站在她的身後，形成堅實的圍牆。

　　「甚麼命運的制裁？我現在是神，命運又能把我怎麼樣？」費奇諾詭異地大笑着，尖利的獠牙衝出下顎，淌着腥臭的口水

144　Love & Dreams
MONSTER MASTER

和鮮血，看上去既恐怖又噁心！

「我爺爺說過，要想讓別人愛你、尊敬你，你首先要愛他們、尊敬他們。我們沒有人希望你死，是你自己把自己逼上了絕路！」布布路隱隱感覺到費奇諾心中除了扭曲的欲望之外，還有一絲毀滅性的絕望。

費奇諾窮凶極惡地嘶吼道：「你們這羣惺惺作態的傢伙，不要跟我說這種沒用的大道理！我的痛苦沒人能理解，我也不需要你們的理解！我會成為這個世界的神，我的話就是法令，就是真理，你們誰都沒資格指責我！我要留在這裏繼續尋找金色禁果，如果四顆不行，那我就吃十顆，一百顆！不過在此之前，我要先把你們這些絆腳石清理乾淨！」

費奇諾揮舞着鐮刀長足朝布布路他們撲去，豈可拉飛快地組成了一堵厚厚的牆，擋在大伙兒的前面！

「哼！我捏死你們比捏死螞蟻更省力！」費奇諾可怕的力量爆發了──

鋒利的鐮刀長足一掃過後，無數豈可拉被攔腰截成兩段，痛苦地在地上扭動了幾下，死掉了。

蟲子的哀號聲不絕於耳，猩紅色的汁液流了一地，殺伐開始了！

「住手！停下，不要傷害豈可拉！」莉莉絲伸開雙手，上前護住一心想要保護她的豈可拉。

「危險！」眼看費奇諾的鐮刀長足要削到莉莉絲的一剎那，餃子甩出長辮，準確無誤地捲住莉莉絲的腰，把她扯到了一邊。

　　布布路和四不像對看一眼，默契地快速轉移到費奇諾的身後，準備來個大偷襲。

　　但費奇諾背上的金色眼睛惡狠狠地眨了眨，輕易破解了他們的意圖。

　　費奇諾靈活地往邊上一閃，躲開了布布路和四不像的聯合出擊。

　　帝奇看準時機，騎着巴巴里金獅，從空中一下子甩出十幾枚五星鏢直射費奇諾的各個身體節點。

　　噹噹噹——費奇諾揮着兩隻堅硬的鐮刀長足，將所有的暗器全彈飛了。

　　其中一枚五星鏢改變了路線，竟然朝着一旁的哈爾飛來。

　　賽琳娜不得不放棄對費奇諾的進攻，趕緊衝到哈爾身前，命令水精靈使出水盾，擋住了那枚暗器！

　　「巴巴里，獅王金剛掌！」帝奇一聲令下，金獅遒勁有力的爪子直擊費奇諾，這一掌的力氣大得足以拍碎岩石！

　　轟！費奇諾那身黑漆漆的蟲殼竟是無比堅硬，絲毫不受影響。

　　巴巴里金獅的爪子反而一陣疼痛，帝奇只好示意它退後，再等待機會。

　　嗒嗒嗒——嗒嗒嗒——

　　費奇諾瘋狂地揮着鐮刀長足，每一下都狠狠地砸過地面，地上的石頭好似豆腐般被輕易地切開！

　　餃子機警地往邊上一躲，指揮藤條妖妖進攻：「藤條陷阱！」

「唧唧！」藤條妖妖迅速地伸出一根藤鞭，藤鞭宛如一條長蛇蜿蜒呈「S」形繞過費奇諾的一排蟲足，然後狠狠一收。

咚！費奇諾被狠狠地絆倒在地！

「快！大家上！」餃子迅速施展開古武術，踢、砸、切、劈，用各種招式狠狠地襲擊費奇諾身上相對柔軟的腹部。

「水精靈，高壓水柱！」賽琳娜運用風石產生巨大的風勢，助長了水精靈的攻擊力。

那道水柱正中費奇諾背上的金色眼睛，疼得他仰頭長嘯。

「巴巴里，獅王咆哮彈！」帝奇丟出暗器的同時，指揮金獅發出了震耳欲聾的聲波攻擊！

其他人都捂住了耳朵，借此機會，不受聲波影響的布布路卸下背上的棺材，速度頓時加快了數倍，他捏緊拳頭，飛身跳起來，揍向了費奇諾的臉部，硬生生地打折了他的一根獠牙！

「布魯！」四不像從下方突襲，一口咬住了費奇諾的足根，蟲殼下黏稠的汁液噴射出來，費奇諾的嘶吼聲更恐怖了！

激戰！森林的制裁

大家齊心協力，使出了所有的本領對付費奇諾。

然而，蟲化之後的費奇諾太強大了。被圍攻的費奇諾狂躁地揮舞鐮刀長足，用堅硬的身軀去撞擊靠近的布布路他們，四人被他一下子撞飛了出去，帝奇的臉頰還被鐮刀長足刮出一道傷口。

緊接着，費奇諾又用一根長足斬斷了藤條妖妖纏住自己的兩根藤蔓。

　　「唧唧唧！」藤條妖妖就地一滾，避開了最致命的一擊，卻也疼得縮成了一團。餃子趕緊上前抱住了它。

　　費奇諾雙目赤紅，喪心病狂地大叫道：「看到了嗎？這就是金色禁果的力量！我要殺光你們！」

　　布布路低聲對身旁的帝奇附耳道：「帝奇，等會兒看我手勢，我們一起攻擊他鐮刀長足的第二個關節，我記得影王村小樹林裏面的山螳螂最脆弱的地方就是那裏！」

　　帝奇會意的點頭，朝金獅喝令道：「巴巴里，獅王金剛掌！」

　　「嗷嗚——」金獅奮勇地撲向費奇諾，兩隻巨大的前掌狠狠地拍向他的身體。

　　費奇諾渾身一震，冷笑着看金獅因疼痛而痛苦扭曲的表情。

　　「就是現在，上！」布布路手一揮，帝奇的手中多了兩條閃着幽幽寒光的蛛絲。

　　兩人一躍而上，朝着鐮刀足的關節處發動了夾擊。

　　「啊！」費奇諾發出一聲淒厲的慘叫。

　　他的前足在經受了布布路棺材的沉重一擊

和帝奇銳利似刀的蛛絲一切後，被徹底斬斷了，傷口處流出了靛青色的汁液。

「你們這些渾蛋，我要殺了你們！殺了你們！」受了傷的費奇諾宛如發狂的野獸，殺氣騰騰地衝向四人，更可怕的是，短短數秒之間，他的前足又長了出來。

金色禁果能讓盲人重見光明，斷手的長出新臂，殘足健步如飛……如果吃下第四顆……登神祇，從此永生不死！

大家忽然想起費奇諾說過的話，此時他們已瀕臨極限，之前的花苞怪病消耗了他們不少元氣，如此一場搏命的大戰更是令他們傷痕累累。

危急時刻，四不像將爪子伸進賽琳娜的口袋裏一陣亂掏。

「四不像，你……」沒等賽琳娜反應過來，四不像

就拿出一塊紫紅色的晶石，啊嗚一口吞下肚去。

「呃！」四不像打了個飽嗝，嘴巴裏吐出一口紫色的煙，耳朵啪啦啪啦地甩着，也不知道它到底是不舒服，還是太興奮。

突然，四不像的身影在大家面前一晃，下一秒，它已經踩在了費奇諾的背上，兩隻爪子咻地刺向費奇諾的金色眼睛！

「啊啊啊！該死的，我要把你切成碎片！」刺痛的費奇諾癲狂地揮舞着剩下的那隻鐮刀長足，想要將四不像顛下來，切得四分五裂！

「四不像，危險！」布布路大叫着想要衝上去救下自己的怪物，莉莉絲卻一把拉住他，語重心長地說：「你要學會相信自己的怪物！」

只見四不像緊緊地趴在費奇諾的背上，它的眼中開始迸發出亮光，身上的毛髮一根根豎立起來，散發出美麗的紫色光芒，這一瞬間，四不像看起來威風凜凜！

吱啦啦——吱啦啦——灼熱的閃電從四不像的眼睛、手掌和嘴巴裏射出來，準確無誤地擊中費奇諾背後的金色眼睛，貫穿他的全身。

「哇啊，四不像真厲害！」賽琳娜由衷地稱讚道。

這真的是那隻性格懶散、愛咬人、只知道吃甜食、甚麼本事都沒有的醜八怪怪物嗎？

布布路忍不住看向旁邊的莉莉絲，心裏開始相信她之前說過的話——

沒錯，他的怪物很厲害呢！

「住手！快住手！啊啊啊——」費奇諾被這種可怕的電擊折磨得渾身劇顫。

終於，費奇諾側身翻倒在地，渾身被電得焦黑，冒出滾滾黑煙。

哇，四不像勝利了！

「太棒了！」布布路歡呼着跑過去，緊緊抱住四不像。

「別……高興得太早……」倒在他腳邊的費奇諾忽然開口，長滿獠牙的嘴巴蠕動着，含糊不清地嘶吼：「你們這些像臭蟲一樣虛偽的傢伙……我不會放過你們的……誰都跑不掉……你們等着吧！等着吧！」

大家不安地打了個寒顫，警惕地盯着費奇諾，生怕下一秒他就會從地上一躍而起，再度發起猛烈的攻擊。

這時，莉莉絲仰起頭，對着巨樹如吟唱詩歌般唸唸有詞。

一根根長長的觸手隨之從樹幹中伸出來，紛紛纏繞住費奇諾，再次把他結成繭子，垂吊到了空中。

「放心吧，費奇諾將會被徹底同化成蟲子，失去人類的智慧和貪婪的習性，當他再次破繭而出時，就會變成森林淨化系統的一員，來彌補他犯下的罪惡！」莉莉絲微笑着對大家說。

「這樣最好了！」大家終於安下心來，圍攏到四不像身邊，像對待一個凱旋的英雄，對它讚譽有加。

四不像囂張地送了他們一個大白眼，噗地吐出了那塊晶石，筋疲力盡地在布布路懷裏昏了過去。

這是成為怪物大師的必經之路！！！

尊敬的讀者：現在你跟隨布布路一起踏上了成為怪物大師的道路！向所有的困難發起挑戰吧！

第十六站●罪與罰！貪婪者的悲劇！

怪物大師成長測試

Q08

如果你從小體弱多病，並被醫生診斷活不過二十歲，同時你意外得知同村有人擁有一份前人的遺物，裏面記載着可以令你永生不死的方法，但他不會拿出來與你分享。你會怎麼面對這個誘惑？

A. 幹掉那個人，搶奪遺物！

B. 不相信遺物中記載的內容是真的。

C. 放棄思考這種複雜的問題，對於自己的生死聽天由命。

D. 潛入那人的房子，偷走遺物，用完之後物歸原主。

E. 不受外界干擾，堅持自己鍛煉身體，相信生命中的奇跡會發生。

A【解答】

A. 為了生存，剝奪別人的生命，你不覺得這樣做很自私，很冷血嗎？（9分）

B. 嘖，說甚麼長生不老，那個前人還不是已經死了……（3分）

C. 你到底是真的豁達，還是害怕希望之後帶來的絕望會更大地傷害到自己呢？（5分）

D. 話說，健康已經有問題了，還當小偷，這可不容易達成啊！（7分）

E. 你的樂觀會帶給你無限的生機，好好地走下去吧，人生很寬廣喲！（1分）

完成這個測試後，你可以得到一隻屬於自己的怪物！

測試答案就在第四部的 202，203 頁，不要錯過哦！！

猩紅森林的守衛者
MONSTER MASTER 4

新世界冒險奇談
第十七站 STEP.17
豈可拉，偉大的犧牲
MONSTER MASTER 4

單方面的戰爭

　　生死較量之下，四不像最終戰勝了費奇諾，只是它也付出了不小的代價，那身鐵鏽般紅色的皮毛上血跡斑斑，好幾處毛發都被削掉了，露出裏面難看的灰色皮膚。

　　雖然此刻四不像的外貌看起來更醜了，可布布路卻覺得四不像從來沒這麼了不起過！

　　「四不像，它沒事吧？」布布路焦急地將四不像送到莉莉絲手裏。

莉莉絲輕輕地撫摸過四不像的心臟位置，又揉了揉它的耳朵，柔聲說：「別擔心，只是一些皮外傷，它很快就會恢復健康了。」

「我想他包裹應該有一些療傷藥，畢竟害人的人都害怕不小心把自己給害了。」餃子弓下腰，撿起費奇諾的背包。

果然，餃子翻出幾個藥罐，打開後聞了聞，面帶喜色地說：「這傢伙的寶貝還真不少。」

「這是甚麼？」賽琳娜問。

餃子晃了晃右手裏的水晶瓶，裏面裝着半瓶金色液體：「這瓶可是價值連城的金玫瑰露，光這半瓶就能賣到一個天價。」

莉莉絲聞了聞，點點頭：「這是療傷藥中的珍品。」

「哇！」布布路立刻搶過去，將四不像全身上下，甚至連沒受傷的地方都擦了個遍。

轟隆隆──

一聲巨響猛然傳來，眾人一驚。

洞頂上的土塊紛紛往下落，砸在布布路他們和豈可拉的身上，劇烈的搖晃中，豈可拉不安地嘶叫着，卻都固執地留守在莉莉絲身邊。

「外面出甚麼事了？」賽琳娜抱頭蹲在地上，水精靈機敏地築起了一道水盾擋在大家的上方。

布布路趕緊把四不像安置在棺材裏，餃子和帝奇也迅速地把受傷的藤條妖妖和巴巴里金獅收進怪物卡裏。

哈爾慘白着一張臉，虛弱地說：「糟糕，應該是我的族人發

起攻擊了吧！」

「現在還沒到日落啊，他們怎麼提前來了？」布布路心急如焚。如果之前和費奇諾的戰鬥沒有浪費太多時間就好了，說不定他們就可以阻止這場戰爭了。

轟隆隆——更大的巨響傳來，洞穴被震得塌陷了一半，巨樹上的靛青色蟲卵劈里啪啦地掉落了一大片，青色的汁液濺了一地。

莉莉絲心疼地撫摸着那些破碎的蟲卵，周圍的豈可拉全都發出沙沙沙的聲音，齊聲安慰莉莉絲。

哈爾低下了頭，第一次為自己是個赫爾墨人而深感羞恥與愧疚。

「再不離開這裏，洞穴就會被封住了！」帝奇冷靜地發出了警告。

莉莉絲當機立斷地站起身，對大家決然地說：「豈可拉說，它們熟悉這裏的環境，一定會把你們安全送出去的！走吧，離開這裏！」

大家騎在豈可拉的背上，一刻不停地鑽出了窟洞，因為他們還有更重要的任務要去執行。

恐怖的「王水」

太陽雖然已偏西，卻沒有完全落下。森林的邊緣隱約傳來了人類憤怒的吶喊聲，炮彈的轟鳴聲不斷，人類單方面的戰爭

好像急不可耐一般提前打響了！

豈可拉載着布布路他們穿過森林，愈是接近森林邊緣，辛辣刺鼻的氣味愈是濃烈，令人頭暈目眩。

布布路難受地捂住鼻子，皺着眉說：「嗚……甚麼味道？好難聞！」

「你們看，前面的霧變黃了，那可能就是這股刺鼻的味道的來源！」餃子指着縈繞在森林頂部的黃色濃霧，擔心地說。

「不光是霧氣，你們看地面！」帝奇的警惕性提到了最高點。

不遠處，一股黃色的液體正蔓延過鋪滿枯葉的地面，向他們逼近過來。

液體流過之處，好幾隻豈可拉頓時倒地不起，它們的身體也在一瞬間灼燒成了焦黑色。

載着大家的豈可拉不得不往後退去。愈來愈多的黃色液體奔流而來，黃色的霧氣也在擴散，布布路他們眼睜睜地看着許多猩紅色的蟲樹被濃霧吞噬，嘩嘩嘩嘩……無數細長的小蟲如同一陣猩紅暴雨落在地，痛苦地縮成一團，死去了。

森林裏的溫度陡然升高了，前一刻還寒冷如冬，此刻卻炎熱如夏。

恍惚間，整座森林都好像窒息了，大量地吸進那種刺鼻氣味的豈可拉，體內好像燒起了一團烈火，似乎要將五臟六腑都熔化掉！它們幾近悲鳴地跪下身體。

賽琳娜捂着胸口，難受地哀歎道：「天啊，這太殘忍了！我看不下去了……」

布布路捏着鼻子，焦急地問：「這到底是甚麼東西啊？」

哈爾臉色發紫，嘴脣發乾憂心忡忡地說：「太糟糕了，榮格他們竟然真的動用了終極武器！」

「終極武器？」布布路不解地追問。

「對，其實就是王水，那是一種加入了劇毒物質崑崙黃的煉金術產物，殺傷力十足，專門破壞蟲子體內的神經和細胞，對人體同樣有害，一直被存放在村裏的瞭望塔裏。昨天你們已經看到了，就是那些裝在透明長筒裏的液體。這次戰爭，赫爾墨人本就打算破釜沉舟，與豈可拉同歸於盡！唉，來不及了嗎？」哈爾的眼中流下了兩道渾濁的淚水，他感覺這場「豈可拉大屠殺」的悲劇已不可挽回了。

「不要放棄！我們一定要想辦法衝出去，把事情的真相告訴榮格大叔，然後阻止戰爭！」布布路堅定地握緊拳頭，奮不顧身地往前衝去。

「笨蛋，退後！」帝奇一聲大喝，抓着布布路的衣領直往後躍。

轟隆！一發炮彈破空而來，恰巧摔在布布路的正前方，炮彈的外殼砰地炸裂開，裏面的液體噴濺出來，瞬間秒殺周圍的一羣蟲子。

布布路的臉色一白，幸好剛剛帝奇扯了他一把，不然他就完了！

「是王水！來不及了，他們打算用王水淹沒整個森林！」哈爾發出了絕望的吶喊。

洶湧的王水如同暴漲的海潮般，一波推着一波朝大家翻滾而來，他們連逃跑的時間都沒了！

生死關頭，布布路他們根本想不出任何自救與救人的方法，個個手足無措地站在原地。

突然，他們身後的豈可拉蜂擁而上，擋在了他們身前。無數豈可拉挺起上半身，並肩「站」在一起，形成了一道堅固的蟲牆！

下一秒，王水衝擊到豈可拉的身上，焦臭的白煙冒起，豈可拉依然屹立不動，甚至連呻吟都沒有。強腐蝕性的王水毫不留情地侵蝕着豈可拉的身體，即便它們的呼吸停止了，屍體變得面目全非，但它們以血肉之軀保護住了布布路他們。

「豈可拉……對不起。」這大概是哈爾第一次用如此動情的聲音稱呼這些蟲子。此刻他的心中充滿了至高無上的敬意。他憎恨了一輩子的蟲子，接二連三地救了自己，甚至不惜犧牲生命。

布布路和賽琳娜都流下了感動和傷心的眼淚。餃子和帝奇俯下身，對蟲牆行了致敬之禮。

莉莉絲難過地低下頭，默默哀悼着這些為大家付出生命的豈可拉。

生命之路

轟隆隆——

赫爾墨人不給大家任何喘息的機會，一枚又一枚王水炮彈

飛過森林上空，觸地就炸裂開來，黃色的液體一波波地衝入猩紅森林，猶如吞噬一切的毀滅魔王。

眼看王水漸漸吞沒了蟲牆，餃子焦急地問：「莉莉絲，極地森林還有其他出口嗎？」

莉莉絲卻拚命地搖着頭，答非所問地叫道：「不行！你們不能這樣做！我不同意你們這樣做！」

布布路他們還沒弄明白是怎麼回事，就見守護在他們身邊的豈可拉突然全部轉向，視死如歸地朝着王水衝去！

吱吱吱──一股焦煙湧起，前一排的豈可拉倒下了，它們的頭被王水溶解了，身子仍保持着前進的姿勢，變成了永久的豐碑。

沙沙沙⋯⋯沙沙沙⋯⋯後一排的豈可拉如同飛蛾撲火一般踩着它們的屍體繼續向前。

它們並沒有淚腺，所以也不會哭泣，但是它們神情堅定地用自己的身體保衛着森林──這是多麼了不起的森林守衛者的信念！

這一刻，每個人的心靈深處都不可抑制的顫抖起來。這才是對森林最純粹最無私的愛。

「不要啊！停住！」布布路幾乎要哭出來了，情不自禁地大叫起來：「這簡直就是去送死！」

沒錯，豈可拉就是在送死──它們前仆後繼倒在王水中，屍體成堆。儘管如此，它們仍然勇往直前，沒有一個轉身逃開。

布布路他們萬萬沒有想到，豈可拉會選擇這種自殺式的犧

牲，它們用生命築成了一條讓大家可以前進的通道。

莉莉絲泣不成聲地說：「這是豈可拉它們的意願……豈可拉在森林裏住得實在太久太久了，對森林已經擁有了不同尋常的感情，它們願意以生命為代價！希望你們踩着它們的屍體出去，阻止這場浩劫，並化解它們與人類之間的誤會和隔閡，不要讓更多的生命成為一場不必要的戰爭的祭品……」

說到這裏，莉莉絲再也說不下去了，大伙兒也都淚流滿面，甚至連一向感情內斂的帝奇都紅了眼睛。

「任何生物的生命都是可敬的，值得每個人尊重！一直以來是我們錯了！大錯特錯！」哈爾悔恨交加地跪倒在地，痛哭失聲。

餃子吸了吸鼻子，哽咽地催促道：「走吧！我們沒時間在這裏哭了！必須完成豈可拉的遺願，不能讓它們白白犧牲了！」

大家強忍悲痛，踏上了這條「生命之路」。

豈可拉的屍體散發出一股難聞又刺鼻的焦味，踩在腳下有種僵化的感覺，但每個人的心中卻只有崇敬……若干年後，它們會變成化石，陷入森林的底下，成為最堅固的基石。

布布路他們每走一步，都在祈禱它們的靈魂可以得到安息，同時也為人類這種單方面的殺戮而深感歉疚。

賽琳娜含淚道：「我之前覺得只有像阿爾伯特製造出來的懸浮在空中的隱石之橋才稱得上是偉大的成就，可現在我突然明白了，我們正在走過的這條道路才是世界上最偉大的！」

其他三人點點頭，這一次的經歷給他們帶來的衝擊太大了，數以萬計的蟲子屍體堆在眼前，有太多太多的情感在他們心裏翻騰，也讓他們更加堅定了成為怪物大師的志向！

至少……至少要變得更強，不必依靠別人的犧牲，能真正地保護自己想保護的東西！

布布路沉痛地嗚咽着，暗自發誓道：「只要我活着回到摩爾本十字基地，我一定會加倍努力地磨煉自己，不論甚麼任務都會拚命完成！我要儘快地強大起來，強大到絕不讓今天的事情重演！」

布布路臉上的表情前所未有的堅毅，深深地感染到其他三人。

「走吧，接下去就是我們的責任了！」餃子啞着嗓子說。

大家朝着森林出口狂奔而去，可人類的進攻比他們想像的

還要瘋狂。

砰砰砰！一枚枚的王水炮彈更加密集地飛了過來。

愈接近猩紅森林的邊緣，轟鳴聲愈來愈大，幾乎要震破耳膜。

或許是豈可拉的壯烈犧牲讓赫爾墨人以為它們要反撲出森林，於是採取了更猛烈的攻勢！

又一陣密集的攻擊從天而降，一枚王水炮彈在距離他們不遠的地方炸開，莉莉絲勇敢地擋在了大家的前面，大部分的王水都打在莉莉絲堅硬的腹部，但是哈爾的手臂上還是被濺到了一些，王水瞬間侵蝕了他的皮膚……

「啊！」哈爾發出一聲慘叫，昏了過去！

新世界冒險奇談
第十八站 STEP.18

絕望的森林
MONSTER MASTER 4

森林守衛者的決心

　　猩紅森林正在遭受毀滅性的摧殘！

　　王水肆虐，豈可拉的屍體四處可見，自認為是「森林守護者」的赫爾墨人對他們心中的「毀滅魔王」發起了殘酷的屠殺。他們不計後果地使用破壞力極強的王水，一副要與豈可拉同歸於盡的架勢。

　　布布路他們承載着豈可拉最後的希望，以阻止這場由陰謀導致的戰爭為目標，向人類的陣營進發。但赫爾墨人的攻勢太

猛了，他們被困在猩紅森林的邊緣。

此時，莉莉絲受傷了，哈爾也昏倒了。

布布路四人心慌意亂地檢查莉莉絲和哈爾的傷口，他們從沒像現在這樣無助過。

莉莉絲掙扎着站起來，臉色蒼白地說：「我沒事，我會盡快送你們出去的！」

「莉莉絲？」賽琳娜不安地看着她。

莉莉絲目視前方，堅定地說：「放心，我不是要攻擊他們，而是為了避免更慘重的傷亡！」

說完，莉莉絲雙手交握胸前，口中唸唸有詞。

沙沙沙……森林的深處傳來了騷動聲，有甚麼東西正向他們靠近。

「快看，是蟲風！」布布路指向後方，在黃色霧氣中，一團疾速接近的猩紅色旋風顯得特別顯眼。

蟲風在空中劇烈地盤旋着，徑直朝森林外飛去。

莉莉絲悲傷地面向蟲子飛去的方向。她的神態好似在與自己的友人訣別一般，她輕聲對布布路說：「不管付出甚麼樣的代價，我一定會把你們平安地送出去，希望你們能改變結局……」

猩紅色的蟲子結成的蟲風劇烈地打着轉，好似紅色的旋渦。它們以同歸於盡的架勢迎上那些投擲到半空中的王水炮彈，將它們一個個「吞」了進去。

只見原本飛速運行的炮彈好似撞上棉花牆，被蟲風卸去衝力，速度變得非常緩慢，最終被蟲風包裹着飛向人類佔據的陣營。

這一突變，令赫爾墨人驚慌失措，因為王水炮彈只有在彈殼撞擊時碎掉，裏面的王水才能成為殺傷力巨大的武器，而現在彈殼完好地包裹着王水，向他們飛回來了！

王水炮彈直直地飛出森林，與此同時蟲子們也耗盡了生命，蟲風消失了⋯⋯

「不好！快跑！」

「天哪，救命啊！」

赫爾墨人驚恐地大叫。為了躲避王水，他們攻擊的隊伍變得混亂起來。

「走！快走！」餃子看準機會，背起哈爾，指揮大家乘勢突破。

布布路背着棺材衝在最前面，灼熱的王水，無盡的屍體，焦臭的煙霧，悲傷的淚水⋯⋯

布布路睜大雙眼，一幕幕慘烈的場景在他眼前劃過，這樣的風景沒有人喜歡看，但是在真真切切地看到之後，他能告訴自己的就是永遠不要忘記這一切！

豈可拉才是真正的森林守衞者！

愈接近人類陣營，愈能聽清楚他們的咒罵——

「該死的豈可拉！它們應該下地獄，統統去死！」

「老天啊，你為甚麼不懲罰那些邪惡的蟲子？它們毀了我們的家園啊！」

不！不是這樣的！

聽到赫爾墨人惡毒地詛咒無辜的豈可拉，布布路四人忍不

住加快腳步，他們要趕快去告訴這些人——是你們錯了！

「村子着火了！」森林邊緣近在眼前的時候，帝奇突然指向了山谷中的赫爾墨村，滾滾濃煙從那裏升起，熊熊烈火映紅了天邊！

「發生甚麼事了？他們不會喪心病狂到自己燒村吧？」賽琳娜皺緊眉頭，沒好氣地說。

「我不覺得赫爾墨人會這麼不理智，或許是出了意外，赫爾墨人才會迫不及待地發動總攻！我們最好再快點……」餃子的話還沒說完，王水炮彈又一次破空而來。

森林裏幾股蟲風一同衝了上去，盡可能地將王水炮彈吞進去再反方向地拋出。

王水在布布路他們的頭頂上飛來飛去，它不僅代表了瘋狂的殺念，同時也蘊涵着生的希望……

不信任的聲音

「我們只能送你們到這裏，豈可拉一旦離開森林，就沒有能力了，所以剩下的路你們必須自己走！」莉莉絲停下腳步，擔心地看着他們四個。

「莉莉絲，你放心！無論如何，我們都會阻止這場戰爭！」布布路毅然地捏緊拳頭，做出保證。

其他三人也鄭重點頭。他們終於走出了猩紅森林的掩護。

帝奇召喚出巴巴里金獅：「巴巴里，獅王咆哮彈！」

「吼——」金獅發出驚天動地的王者之聲，瞬間震懾住了所有的赫爾墨人，他們驚恐地看向突然出現在他們面前的四個孩子，以及餃子背上的哈爾。

布布路深吸一口氣，對着赫爾墨人大喊道：「住手！停止戰爭！不要傷害豈可拉！」

「咦，摩爾本十字基地的預備生？他們說甚麼？不要傷害豈可拉？怎麼回事？」

「那是哈爾！他怎麼昏過去了？」

「他們對哈爾做了甚麼？」

「……

赫爾墨人騷動起來，懷疑的目光全都繞着灰頭土臉的布布路他們打轉。

布布路直視着為首的榮格，義正詞嚴地說：「榮格大叔，是你們弄錯了，豈可拉才是真正的森林守衛者！這是一場騙局！」

榮格先是驚了一下，隨即威嚴地盯着他們，不悅地質問道：「你們把哈爾怎麼了？」

「事情是這樣的……」布布路比手畫腳地將整件事原原本本地說了一遍，最後補充道：「所有這一切都是費奇諾的陰謀！」

榮格的眼睛愈睜愈大，眉毛愈揚愈高，一臉不可思議的表情。

一個赫爾墨人率先喊出了憤怒的口號：「我不相信！豈可拉怎麼可能是森林守護者？它們是不可饒恕的毀滅魔王！它們放火燒了我們的家園！我們要同它們決一死戰！」

「沒錯，我們不相信你們說的！費奇諾在哪裏？我們要讓費奇諾出來，親口問問他！」

「我明白了，一定是這幾個孩子被豈可拉誘惑了，背叛了我們，害死了費奇諾，弄傷了哈爾，還編了一個故事騙我們！」

不滿和怨恨的情緒迅速在赫爾墨人中間傳播開，他們紛紛舉起武器，向布布路四人逼近。

情勢危急之下，賽琳娜着急地拍打着哈爾的臉：「哈爾大叔！你快醒醒！醒醒啊！」

「我們沒有騙人！你們為甚麼不相信我們？」布布路又氣又

急，偏偏束手無策。

　　餃子無奈地聳了聳肩膀，反正這羣赫爾墨人就是那麼冥頑不靈！

　　帝奇的眼神浮動了一下，直射向人羣中的榮格。

　　榮格揮了揮手，示意自己的族人別動，然後用極其嚴厲的口氣教訓道：「我不知道你們為甚麼要這麼做，但是攻打豈可拉是我們一族嚴肅思考後共同做出的決定，我們絕對不會就這樣輕易放棄！我看在你們是客人的分上，不計較你們剛才的所作所為，把哈爾放下，趕緊離開這裏！」

「不！我們不走！我們要完成豈可拉的遺願！」布布路嚴詞拒絕。

榮格不再理睬布布路，大聲對村民宣佈：「為了赫爾墨一族的使命，為了赫爾墨一族的榮耀，勇士們，拿出你們的決心，向毀滅魔王開戰吧！」

「首領英明！」赫爾墨人發出了震耳欲聾的呼聲。

進攻的炮又一次點燃了火，一枚枚炮彈帶着致命的王水再一次飛上天空。

夕陽如血一般籠罩着整個猩紅森林，腥臭的焦煙四起，黃霧彌漫縈繞，密密麻麻的蟲子屍骸被肆虐的王水一點點吞噬殆盡。

這場戰爭讓布布路他們感到心驚膽寒，為甚麼赫爾墨人就是不肯相信呢？

所有的殺戮和犧牲明明都只因為一個陰謀啊！

怪物大師成長測試

Q09 你好不容易穿過槍林彈雨來到了原先接待過你的村子，並告訴他們關於森林裏的「惡魔」的真相，但是他們卻認為你在顛倒黑白，執意要與「惡魔」同歸於盡，這時你怎麼辦？

A. 直接用武力打敗他們，以後再跟他們說理。

B. 不聽的話就全殺了，省得和他們費口舌。

C. 拿證據給他們看，說服他們！

D. 先說服一部分人，然後讓那些人勸說其他人。

E. 誠懇地求他們，哪怕要用自己的生命來贏取他們的信任。

Ⓐ【解答】

A. 嗯，快刀斬亂麻嘛！如果你能打敗他們的話，這也是個好辦法。(7分)

B. 你心理是有多扭曲啊！(9分)

C. 拿證據的確是一個讓對方相信的好辦法。(3分)

D. 沒錯，讓他們自己的人來說，效果會好很多！(5分)

E. 你果然是一根筋的人，快說吧，以前你做過多少次自我犧牲的打算了？(1分)

完成這個測試後，你可以得到一隻屬於自己的怪物！

測試答案就在第四部的 202，203 頁，不要錯過哦！！

這是成為怪物大師的必經之路!!!

尊敬的讀者：現在你跟隨布布路一起踏上了成為怪物大師的道路！向所有的困難發起挑戰吧！

● 第十八站 ● 絕望的森林 ●

新世界冒險奇談

第十九站 STEP.19

將淚水化為勇氣前進

MONSTER MASTER 4

帝奇的突襲

　　赫爾墨人孤注一擲地瘋狂進攻着。

　　「請你們相信我們，我們所說的一切都是真的！快停手吧！不然真的來不及了！」賽琳娜急得眼淚直流，無論如何，她都不想辜負豈可拉的犧牲！

　　帝奇的身影一閃，一眨眼的工夫，他悄然出現在榮格的身後，手中一把明晃晃的匕首擱在了榮格的喉嚨上。

　　「別動！」帝奇的眼中鋒芒畢露，凌厲的殺氣從他的身上溢出。

赫爾墨人大驚失色：「榮格首領！你要對我們的首領做甚麼？」

餃子何其精明，立刻強勢地威脅道：「停止攻擊，撤離猩紅森林！要不然我們就砍了他的腦袋！」

「哎呀，不行⋯⋯」布布路把餃子的威脅當真了，着急地想要阻攔。

賽琳娜眼疾手快，一把捂住了布布路的嘴，在他耳邊低語道：「這是做戲。」

但赫爾墨人當真了，他們用仇恨和憤怒眼神瞪着布布路他們，似乎在用眼神控訴着——這四個邪惡的怪物大師預備生果然被毀滅魔王同化了！他們居然挾持了榮格首領，還想殺他！

所幸的是，他們沒人敢上前一步。

餃子見此鬆了口氣，只要爭取到時間，等哈爾醒過來解釋清楚就可以了。

哪料到，榮格擺出了一副視死如歸的表情，鐵骨錚錚地說：「族人們！不要管我，原本我就打算同豈可拉同歸於盡！不要放棄我們的偉大行動，殺死那些盤踞在森林裏的毀滅魔王！直到最後一個赫爾墨人倒下前，我們決不能屈服！」

「你在逼我？」帝奇憤怒了，更用力地貼近榮格的脖頸，頓時鮮血汩汩地流出來：「你不覺得疼嗎？死可是比這個要疼多了。」

「疼，很疼。」榮格村長鎮定地說：「可是，當我面對那些死去的親人、被毀的家園時，我這裏更疼！」

他用手緊緊捂住心臟，望向森林：「豈可拉不滅，我生不如死！一、二……」

威脅失敗了，布布路四人冷汗涔涔，這下麻煩更大了！

就在雙方劍拔弩張的時候，一股刺鼻的酸味從四周傳來。

「呃，真是太難聞了！」布布路捏住鼻子，難受地說。

餃子吸了吸鼻子，緊張地說：「這是森林瘴氣的味道！」

帝奇衝着被匕首架住的榮格冷笑道：「這就是你們咎由自取的結果！」

不少赫爾墨人也察覺到了這個不對勁的地方。

「怎麼回事？我……我有點頭兒暈……」

「是森林裏的瘴氣！瘴氣怎麼飄出來了？」

「難道是森林的淨化功能被破壞了？不可能啊，王水對植物是沒有破壞作用的……」

幾個衝在最前面的赫爾墨人因為吸入了大量的瘴氣而中毒了，一個個都頭暈眼花地倒在地上。

「說！是不是你們把瘴氣帶到這裏來的？」一個赫爾墨人將矛頭指向了布布路四人。

「對，一定是他們！」

「這些豈可拉的奴僕，竟然做出這種傷天害理的事！」

「殺了他們！」

……

醒悟吧，赫爾墨人

赫爾墨人一個個摩拳擦掌地圍了過來，打算將布布路他們就地正法。

「不不不，你們誤會了！你們還不明白嗎？森林的淨化系統就是豈可拉，你們大量地屠殺它們破壞了淨化系統，所以瘴氣愈來愈多了……」布布路嘴脣發乾地解釋道。

「你們胡說！」赫爾墨人根本聽不進去，他們憤怒地瞪着布布路四人，有人高舉起武器，準備下手了！

「住手！」衝突一觸即發的時刻，哈爾嘶啞的聲音傳來，布布路他們驚喜地看向身後。

哈爾捂着手臂，搖搖晃晃地從地上站了起來。

「哈爾大叔，快將真相告訴你的族人吧！」賽琳娜急切地懇求道。

哈爾感謝地對四個孩子點點頭：「你們辛苦了，接下去，由我來向他們說明。」

「族人們，停止攻擊！我們不能一錯再錯了！」他向赫爾墨人吶喊道。

哈爾忍着疼痛，將自己在猩紅森林中所見到的一切全都說了出來，從阿爾伯特的傳奇、莉莉絲的仁慈，講到豈可拉的大義以及費奇諾的陰謀。

所有的一切都和布布路之前所說的一致，只是哈爾的說辭聽上去更詳細，更具體，也更真實！

赫爾墨人沉默了，動搖了。他們臉上原本的憤怒消失了，取而代之的是無比震驚。

哈爾對族人們複雜的心情感同身受，他自責地補充道：「我知道這個事實大家一下子很難接受，但我不得不嚴肅地告訴你們，一直以來……錯的是我們！是我們一直在傷害豈可拉，污染極地森林！費奇諾固然騙了我們，但你們仔細想想，其實他的謊話漏洞百出，可我們為甚麼沒有發現呢？正是因為我們被仇恨蒙蔽了雙眼，我們只相信我們願意相信的！難道我們要一直如此嗎？

「族人們，別再執迷不悟了！等許多年之後，子孫們問起這場戰爭的真相時，難道我們要昧着良心告訴他們，這一切都是豈可拉造成的嗎？可它們明明無怨無悔地解決着我們造成的污染！我真想讓你們去看看塌陷的窟洞、數以萬計豈可拉的屍體鋪出的道路……承認吧，正視我們才是森林毀滅者的錯誤吧！從此以後，重新教育我們的子孫，讓他們知道要如何做一個真正的森林守衞者！這是我們唯一的贖罪機會啊！」

哈爾的聲音幾度哽咽，悔恨的淚水止不住地落下。

赫爾墨人的心中都好像下了一場大雨，沖刷掉了所有的盲目和仇恨，只留下了反思和內疚。他們望着滿目瘡痍的森林，慚愧地低下頭，但就算他們流下再多的淚水，懷有再多的悔恨，也無法再挽回那些枉死的生靈！

帝奇看了一眼神色黯然的榮格，默默地收回了匕首。

赫爾墨人停止了攻擊，猩紅森林裏傳來了沙沙沙的響聲，像

是對慘死蟲子的哀悼，又像是對布布路他們致謝。

榮格目光一閃，緊急地大喊道：「族人們，現在不是感傷的時候，快回村子裏救火救人，做我們真正該做的事情！」

原來赫爾墨人被仇恨蒙蔽了雙眼，當發現家園莫名起火後，不調查起火原因便認定是豈可拉所為，於是每個人都憤怒了，不顧一切地發動起總攻，全然忘記了那些染上花苞怪病的患者及他們飼養的動植物還被關在溫室裏呢！

「天哪，我們怎麼可以這麼糊塗？」赫爾墨人驟然清醒，紛紛轉頭就往村子裏趕去。

大火中的懺悔與原諒

「布魯！」就在這時，布布路身後的棺材裏響起了四不像的叫聲。

咦，它醒了嗎？

「太棒了！四不像，你沒事吧？」布布路開心地抱出四不像，轉了個圈，結果被四不像一爪子拍在臉上，留下一道抓痕！

布布路不以為意地傻笑着，衝三個同伴一揮手：「走，我們也去救人！」說着，他搶先衝進了火海。

「布布路這傢伙真是魯莽！」賽琳娜不滿地哼了一聲，召喚出水精靈，命令它使用高壓水柱為大家開路。

「唉，跟你們在一起，我肯定活不長，上刀山，下火海，辛苦啊！」餃子苦着臉地抱怨。

「少廢話，要去就快！」帝奇鄙夷地瞥了餃子一眼。

熊熊大火在村子裏肆虐，炙熱的火光如魔鬼的爪牙擋住了大家救援的腳步。

「用水石！」賽琳娜趕緊將自己口袋裏的幾塊水石分給了布布路他們三人。

赫爾墨人也拿出了力量更為強大的水系元素晶石。

在水石的助力之下，水精靈源源不斷地噴射出高壓水柱，有效地減弱了火勢。

餃子指揮其他村民衝進費奇諾家尋找金色花苞病的解藥，而帝奇則和布布路救出玻璃花室裏的病人們⋯⋯

救援工作有條不紊地進行着，很快就救出了最後一名患者。

哈爾大叔終於和兒子團聚了，得救的人和村民們抱頭痛哭，而布布路他們卻累得跌坐在地上，大口喘着粗氣。

他們的臉和手被火焰熏得黑乎乎的，別提多難看了，但他們相視之後，卻由衷地笑了起來。

突然，餃子目光一轉，發現村子裏的火勢竟然絲毫沒有減弱。

不對勁啊！大姐頭和榮格大叔不會是出事了吧？

三個男生對視一眼，立刻奔向火焰燃燒得最旺盛的地方。

幸好沒出事！賽琳娜和榮格村長正帶領着村民忙碌地滅火。可奇怪的是，不論他們澆了多少水，總有一處地方轟的一下又燃起來。

餃子觀察過後，若有所思地說：「你們看，這幾個地方的火撲不滅，一定有問題！而且這種重新燃燒的情況，好像有規律可循。總是中央塔先燒起來，環繞着它的幾個地方才依次燒着，怎麼看都不像是自然的火災。」

「我想起來了！」榮格大叔突然醒悟過來：「是費奇諾！之前他在村子各處製造防禦屏障，現在這些起火的地方，就是設置防禦屏障的地方！」

幾個赫爾墨人稍一查看，果然發現了問題所在：「是火石！費奇諾在下面埋了連環火石！」

榮格憤怒不已：「他為甚麼要這麼做？這傢伙從小體弱多病，我們都很照顧他，沒想到他居然忘恩負義，竟然想毀滅赫爾墨一族！幸好他已經融入了森林淨化系統，否則我一定會親手結果了他！」

帝奇冷冷地看了一眼榮格，譏諷地說：「人們總是喜歡把錯誤怪罪在別人頭上，你也好，費奇諾也好，其實都是一樣的！」

看到榮格首領不解的神情，餃子忍不住補充道：「費奇諾臨死前說，最初在他心裏埋下仇恨種子的就是他的族人！而你們一看到醜陋的蟲子，就把它們當成罪魁禍首，從沒想過去查清楚真相！這樣的你們和費奇諾又有甚麼不同？」

「你們說得對……」榮格聽後，悔恨交加地垂下了頭。

「好了，目前最關鍵的是怎麼滅火！水石快用完了，水精靈的力量對這些高含量的火元素之火起不了太大作用……」賽琳娜為難地說。

正在眾人一籌莫展的時候，四不像突然仰起腦袋，朝着天空發出了欣喜的叫聲：「布魯！布魯！」

遠遠地，一條白色的巨龍從山谷中騰起，飛到村莊上方。

嘩啦啦啦——潔淨的大雨滂沱而下，很快澆熄了大火……

所有的赫爾墨人都難以置信抬起頭，迎接這場清澈而乾淨的雨水，喜極而泣。

「奇跡！是它們在幫我們嗎？」榮格首領滿臉是水，眼睛紅紅的，就好像大哭了一場。

「大概是吧……豈可拉能寬恕你們所犯下的過錯，這種寬容堪比奇跡。」餃子看着密集的大雨感慨道。

人們彼此互望，慚愧地低下頭。

大雨嘩嘩嘩地下了很久，赫爾墨人一直站在雨地裏，眺望着遠處的森林。

猩紅森林的守衛者
MONSTER MASTER 4

新世界冒險奇談
第二十站 STEP.20

我們的約定
MONSTER MASTER 4

心之洗禮

大雨過後，碧空如洗，星星閃耀着明亮的光芒。

榮格帶領着赫爾墨人，來到森林邊上。劫後餘生的森林紅得幾乎發黑，刺鼻的王水還在氾濫，他們無法進入森林。

面對如此慘烈的場景，赫爾墨人無地自容。

榮格站在隊伍的最前列，帶領大家朝着森林深深鞠躬，誠懇地懺悔道：「保衛着森林的豈可拉啊，對不起，這一切都是我們的罪孽！我們不該被仇恨佔據了心靈，分不清善惡，辨不清是

非，殘忍又無知地傷害了你們！」

人們一陣沉默，所有的赫爾墨人都在檢討自己以往的所作所為。

「很久以前，我們的祖先尋找到這片肥沃的土地，並且在這裏安居樂業，生兒育女。依靠森林無私的供給，養育了一代又一代赫爾墨人。可我們卻不知感恩，反而一次次地讓這片土地遍體鱗傷，並且將莫須有的罪名強加在豈可拉的身上。面對我們的懦弱、野蠻、殘暴，你們卻原諒了我們，降下那場足以洗滌人靈魂的大雨！」榮格大叔動容地說：「我感謝你們，不光拯救了我們的家園，更拯救了我們的靈魂！對於我們給你們造成的傷害，我不敢乞求原諒。我們只想用行動來表達歉意，盡力彌補。我們會永久封藏王水這種致命武器，不再製造那些高污染的藥劑，並且會留下新的翠玉錄警示後人，告訴他們怎麼做才可以守護這片土地，成為真正的森林守衛者。」

榮格說完之後，赫爾墨人齊齊高喊出愧疚的歉意，那聲音一直傳向遠方，久久不停，但森林裏一片死寂，或許豈可拉已經用盡了全部的生命力，才換來了一次最珍貴的純淨之雨。

赫爾墨人歎息着離去。

布布路他們留在原地，深深凝望着這片焦黑的森林。

賽琳娜擔心地說：「不知道莉莉絲怎麼樣了，真希望她平安無事。」

「我相信，莉莉絲一定不會有事的！」布布路的口氣無比堅定，目光閃閃發亮，散發着一種叫作「信念」的力量。

「的確，只要你相信，任何事都可能出現奇跡！我們也別難過了，該回摩爾本十字基地交差了……唉，不知道這次取不到藥劑回去的後果是甚麼……」餃子原本是要給大家打氣的，結果中途變成了唉聲歎氣。

「我會永遠記住豈可拉的恩情！」布布路戀戀不捨地看了一眼森林，狠下心說：「我們走！」

「布魯！」突然，四不像仰起脖子，朝着空中發出了驚喜的叫聲。

一股紅色的蟲風從森林裏旋轉出來，越過致命的王水，停到了布布路他們的面前，莉莉絲從蟲風中走出來。

賽琳娜立刻奔到莉莉絲身邊，緊緊地握住了她的手：「太好了！你沒事，我們就不用擔心了！」

莉莉絲欣慰地說：「你們果然沒有辜負豈可拉的期望，真了不起！我代表豈可拉向你們表示感謝！謝謝你們！」

「我們才要感激豈可拉，沒有它們，我們可能早就死了！」布布路認真地說。

餃子和帝奇跟着點點頭，同意布布路的說法。莉莉絲微微一笑，表情有點哀傷。

「對了，莉莉絲，剛才赫爾墨人來向你們道歉了，他們發誓再也不會傷害你們了……」賽琳娜急忙將剛才的事說了一遍。

莉莉絲平靜地說：「我都聽到了，但我無法原諒他們，因為我不能忘記那些死去的朋友。」

布布路他們默然了，不知道要如何安慰莉莉絲。

犧牲是巨大的……

豈可拉屍橫遍野，猩紅森林已經被破壞得慘不忍睹。

烙刻在心中的深切痛苦更加無法言喻。

布布路四人只能希望，如同被破壞的大自然不久之後會重新煥發出生命的光彩一樣，莉莉絲的心靈創口也會隨着季節的更替，自然而然地癒合。

故人的名字

「莉莉絲，你接下去有甚麼打算？」布布路關心地問。

莉莉絲感歎地說：「我會繼續待在這片森林裏。生命就是這樣，我不想放棄！現在發生的一切只是讓我父親曾經催化的十萬年倒退回去。不過豈可拉的生命力極強，還會代代繁衍下去，我要守護着它們，繼續看這裏的風景愈變愈美好……而且，我還要等一個人！」

「還是等你的父親嗎？」賽琳娜好奇地問。

「不是。」莉莉絲笑着搖了搖頭。

布布路突然想起了甚麼，大聲地說：「我知道了，你是要等那個曾經說要帶你離開這片森林的人吧！」

「沒錯，他曾經向我許諾，一定會幫我擺脫蟲化的身體，讓我重新變回人類。然後我就可以離開這片森林，去看看外面的世界！」莉莉絲似乎陷入了回憶中，表情多了一絲敬仰：「這個人就像我的父親一樣！在我絕望得想要結束這冗長的生命時，他出

現了，帶給我新的希望，讓我鼓足勇氣活下去。對了，他也是個怪物大師！」

「怪物大師？他叫甚麼名字？說不定我們認識呢！」餃子好奇地問。

「他叫布諾‧里維奇！」

「布諾‧里維奇！」布布路簡直不敢相信自己的耳朵：「你確定他叫布諾‧里維奇？」

「我確定，他是我的恩人，我一輩子都記得他的名字。」莉莉絲對布布路如此激動感到不解，但其他三個同伴卻真心為布布路感到開心。

布布路興奮地說：「因為他是我爸爸！你見過我爸爸？他厲害不厲害？那時他長甚麼樣……」

等他問了一大堆問題後才想起來莉莉絲看不見，於是又充滿歉意地說：「對不起……我忘了你看不見。」

莉莉絲並不介意，微笑道：「原來布諾‧里維奇是你的爸爸！難怪我遇到你的時候，就覺得你們很像。雖然我看不見你爸爸的面貌，但是我的心感覺到你爸爸是個非常善良非常優秀的怪物大師！他不像其他的人類一樣，看到醜陋的蟲子就充滿厭惡。他能看到它們的辛勤勞動，也能理解別人心裏的傷痛，這是非常難得的品質！布布路，你應該驕傲，你有一個了不起的爸爸！」

太好了！布布路有些心酸地抹了抹鼻子，這是他第一次聽到別人誇獎自己的爸爸，同時也更堅定了他的信念 ——

我的爸爸絕不是甚麼殺人惡魔，他是個了不起的人！我一定要查明真相，為爸爸洗刷冤屈！

　　「莉莉絲，你知不知道我爸爸後來去了哪裏？」布布路心急地問。

　　「讓我想一想。」莉莉絲回憶了片刻後說：「你爸爸臨走時說，在地獄皇后島能找到幫我恢復人形的方法，我想他一定會去那裏！」

　　地獄皇后島？

　　四人對視一眼，是尼科爾院長提過的邪惡組織的大本營。

　　但布布路清晰地記得，院長曾經說過沒有人知道那個島在哪裏。

　　想到這裏，他遺憾地垂下頭。

餃子趕緊安慰道：「沒關係，布布路，只要我們沿着怪物大師的路走下去，總有一天會找到這個地方！」

賽琳娜和帝奇也肯定地連連點頭。

「嗯！」看着這些關心自己的朋友，布布路信心滿滿地笑了。

終於到了分別的時刻，大家依依不捨，尤其是四不像。它賴在莉莉絲的懷裏不肯出來。

莉莉絲摸着四不像的腦袋，笑瞇瞇地對布布路說：「布布路，你爸爸曾經說過，如果想要成為一個優秀的怪物大師，最重要的一點就是要相信你的怪物。所以，你要更相信四不像，才能見識到它的厲害！」

「布魯！」四不像贊同地點點頭，同時鄙夷地斜了布布路一眼。

「嗯，我明白了。」布布路一邊點頭，一邊從莉莉絲的懷裏把四不像拽了出來，認真地說：「通過這次的經歷，我已經發現這一點了。四不像最厲害的地方不是超大的食量，而是能臉不紅心不跳地接受別人的讚美，並且擺出理所當然的樣子。莉莉絲，幸好你看不見，如果你能看到它此刻的表情，你一定不會那麼想了……哇——」

「布魯！」四不像氣憤地狠狠咬了布布路一口，隨後背過身去，用屁股對着他。

布布路吹着被咬得紅腫的手臂，突然覺得四不像這種驕傲的個性，確實挺可愛的！

在餃子的催促下，四人向莉莉絲揮手道別——

「莉莉絲，請保重身體，我們一定會再見的！」

「到時候，我們一定會變成優秀的怪物大師！」

……

等他們搭乘纜車到了峭壁的另一邊，依然可以看見在森林的邊緣，莉莉絲還在朝他們揮舞着手臂。

再見了，我們的朋友！

布布路他們跳上甲殼蟲，踏上了返回摩爾本十字基地的歸途。

尾聲

黑夜降臨，萬籟俱寂。

　　一隻通體漆黑的小鳥從北之黎最繁華的商業街上的一家店內飛出，如同一道離弦之箭，破空而去。

　　城外的大道上，賽琳娜正全速駕駛着甲殼蟲直奔摩爾本十字基地。

　　「哇啊，有鳥！」布布路突然指着天上，發出一聲無聊的感歎。

　　他的三個同伴自然沒有答理她。

　　小鳥拍着翅膀，飛過城市、山川、大湖、沙漠……愈飛愈遠，直到飛入一個幽閉的堡壘，落進一個黑衣男人的手中。

　　小鳥發出一聲嘶鳴，口中燃起了黑色的煙霧，數不盡的場景在煙霧中閃過，每一幕裏居然都有布布路和他三個同伴的身影。

　　「嘻嘻……還真是有趣啊！」黑衣男人發出嘶嘶的笑聲：「戴面具的傢伙再繼續逃避命運的話，總有一天會死得很慘！賞金王・雷頓家族這一代的繼承人受的磨煉不夠啊，這麼輕易就逃避了自己在家族裏的責任，怎麼成得了大事？唯一的那個小姑娘，做起事來毛毛躁躁，要對付起來真是不費吹灰之力。還有那個背棺材的小子，到底甚麼時候才能百分百地運用好那隻怪物？不過，這樣的幾個人組合在一起還真是有趣啊！嘻嘻，要不然就讓我來好好教導他們一下吧！」

　　「別做無謂的事。」黑暗中，一個沉着冷靜的聲音傳來。

　　「這可不是無謂的事！教導小孩子成長是很重要的，何況我其實還是挺看好他們的！」黑衣男人陰險地瞇起眼，一陣大風颳過，吹得他身上的斗篷獵獵作響，也吹掉了覆蓋在他頭頂的帽

兜，半張白骨森森的臉便暴露在慘白的月色下……

　　黑暗中響起一聲歎息，隨即就是死一般的靜默。

　　此時此刻，布布路他們並不知道，暴風雨就要來了！

【第四部完】

怪物大師成長測試

Q10 如果你能掌握莉莉絲的命運，你希望她將來會怎麼樣？

A. 還原成了人形，回到了正常的人類生活。

B. 一直住在森林裏，反正她也習慣了。

C. 變成人形之後，跟我去各地冒險吧！還可以見到不同的風景。

D. 參加十字基地的考試，成為一名怪物大師，就像她父親一樣。

E. 做蟲子很好啊，還可以永生不死。

【解答】

A. 這也是莉莉絲的夢想吧！(5分)

B. 你是不是一個很喜歡一成不變的生活的人呢？(7分)

C. 你的生活態度很積極，不過還是要聽聽莉莉絲的想法。(1分)

D. 不錯的想法，不過莉莉絲成為煉金大師的可能性好像比較大吧？(3分)

E. 是你自己想要永生不死吧！(9分)

完成這個測試後，你可以得到一隻屬於自己的怪物！

測試答案就在第四部的 202，203 頁，不要錯過哦！！

尊敬的讀者：現在你跟隨布布路一起踏上了成為怪物大師的道路！向所有的困難發起挑戰吧！

這是成為怪物大師的必經之路！！！

MONSTER MASTER

第二十站 ● 我們的約定

火山下封印着上古的邪惡靈魂——是甚麼在低聲呼喚？

挑戰
CHALLENGE

第五冊
《世界之巔的死亡珍獸宴》

「神的調味料生長在世界之巔的峭壁上。曾經有一萬個人踏上旅途，但沒有一個人回來。」

布布路四人出發尋找已經絕跡的神之調味料——彩虹草！

誰也不知道，他們踏上了有去無回的死亡之路。

前進
PROGRESS

原來美食也可以成為殺人的工具！

戰鬥
FIGHT

這裏是神的後花園，也是貪婪者的殉葬場。

「死亡珍獸宴」

陰翳的樹影中，
最兇殘的捕食者正等待着獵殺的時機。

BUBURO.BURO. LIVAGE

布布路・布諾・里維奇

不能站在食物鏈的頂點，就只能交出性命！

RAINBOW GRASS

來到這裏，就是在對神宣戰！

死亡之翼展開，
將他們帶入萬劫不復的黃泉。

下部預告

　　不能站在食物鏈的頂點，就只能交出性命！陰翳的樹影中，最兇殘的捕食者正等待着獵殺的時機。死亡之翼展開，將他們帶入萬劫不復的黃泉。直到最後，布布路四人才發現原來他們苦苦尋找的竟然是沾滿鮮血的死亡毒藥……

史上最強大的美食怪物大師——十影王之一的安古林！曾經用美食解決了兩個國家的戰爭，唯一一個到現在確認還活着的十影王。布布路四人與他的相遇究竟是福，還是禍？

信任

TRUST

DICKY. LATTON

MONSTER MASTER
Especially written for kids aged 9-14

帝奇，12歲。關於保養怪物皮毛的心得，給我豎起耳朵，仔細聽着。

④帝奇的報告書
怪物保養祕笈

我尋找着未來的地圖，為了抓住滿溢的夢想，才會飛越地平線！

布布路：其實我一直有一個疑問！

餃子／賽琳娜：甚麼？

布布路指了指髒兮兮、灰撲撲的

THE FIRST STEP

（熱汽氤氳的浴室）

帝奇（打開花灑，試水溫）：嗯，可以。
（拿出毛刷，測試刷子的柔軟性和彈性）嗯，

四不像，又指了指皮毛亮澤的金獅。

布布路：為甚麼同樣是物質系的怪物，四不像的皮毛又髒又亂，到處都打着結，巴巴里金獅的皮毛卻亮閃閃的呢？

餃子（摸下巴）：確實很奇怪……

帝奇：因為主人。

布布路：甚麼？甚麼？因為我？

帝奇（點頭）：我每天都要把巴巴里金獅叫到一個地方……

餃子／賽琳娜／布布路（好奇）：哪裏？

可以……巴巴里！

正在把雷石當小皮球踢着玩的巴巴里金獅快步跑進了浴室，溫馴

地在帝奇身旁跪坐着。

帝奇用花灑沖洗金獅身上的毛，一邊拿刷子輕輕地刷洗毛。

金獅一副很享受的樣子，微微閉上了眼睛。

帝奇：這是第一步，用溫水沖去金獅毛上的灰塵和污垢，然後配合刷子順着毛的生長方向輕輕地刷。注意，刷子一定要非常柔軟，而且有彈性，不然會弄傷金獅的毛！因為金獅毛很多，大概需要 10-15 分鐘。尤其是頭部周圍的長髮，要特別仔細地沖洗。

布布路（恍然大悟地點頭）：然後呢？

THE SECOND STEP

帝奇拿出一大瓶「怪物高級沐浴液」，擠在手上，揉搓，然後抹在巴巴里金獅的毛上，開始給它搓澡。

金獅身上的白色泡沫愈來愈多，愈來愈多……最後整個身體都浸浴在白色的泡沫之中。

帝奇（一手泡沫）：嗯，可以了。

帝奇打開花灑，開始沖洗。滿地都是白色的泡沫……

帝奇：這是第二步，注意給怪物搓澡的時候，絕對不能用太大的力氣，不然會扯斷怪物的毛。當然還要注意修剪指甲，否則會弄傷怪物。沐浴液在怪物身上停留的時間不能超過三分鐘，所以動作一定要快！

餃子：這麼複雜！我覺得布布路肯定學不會。

賽琳娜：所以有毛的怪物就是很麻煩。水精靈就從來不需要清洗。

布布路：還有嗎？還有嗎？

帝奇：還有第三步——

THE THIRD STEP

（帝奇的臥室）

巴巴里金獅趴在地毯上。帝奇拿着吹風機，一點一點地將金獅的毛吹乾。

金獅身上的毛一根根地豎了起來，順直而有韌性。帝奇拿出一瓶「怪物皮毛護理噴霧」，噴在巴巴里金獅的毛上，然後坐下，等毛自然風乾。

帝奇：使用吹風機的時候要注

乘風高飛，爭分奪秒地追求理想，前進吧，我們會在命運的因緣下相遇。

意，用 30 秒熱風，然後迅速轉成冷風 15 秒，交替進行，不然會損傷怪物的毛。然後使用護理噴霧的時候，要注意距離和噴霧的噴灑範圍，小心地使用，尤其是相鄰部分不能重複噴灑，因為營養不均衡的話，可能會導致毛的粗細長短不一致。

賽琳娜（扯了扯嘴角）：豆丁小子，我發現你不去當怪物美容師簡直太浪費了！這麼複雜的過程你都能記得這麼清楚！

餃子：哎呀，哎呀，我聽得頭好暈，頭好暈！

布布路（扳下第三根手指）：先是沖洗，然後用皮毛沐浴液，然後吹乾，使用護理噴霧，接下去呢？

THE FOURTH STEP

（帝奇的臥室）

帝奇（檢視巴巴里金獅的毛）：嗯，乾了！

帝奇拿出一把小剪刀，小心地查找分叉、過長、過細以及不飽滿的毛。

咔嚓——咔嚓——

擦過保養油的毛被滋潤後，頓時變得亮眼，富有光澤。

帝奇：修剪毛的時候要注意，要和周圍的毛剪得平齊，擦保養油的時候要注意，抹在梳子每根齒上的油要均勻，而且用梳子梳過的地方不能重複梳，不然也會因

地上落下了星星點點的金黃色毛。

帝奇拿起吹風機，吹掉掉落在金獅身上的毛，然後戴上手套，拿起一瓶「怪物毛髮保養油」，小心地抹在圓頭梳子上，然後小心地梳理巴巴里金獅的毛。

為營養不均而導致毛粗細長短不一。

賽琳娜／餃子：……

布布路：哎呀，我的頭也暈了！應該要結束了吧？

帝奇：不，還有第五步！

THE FIFTH STEP

（帝奇臥室）

巴巴里金獅伸出爪子，隱藏在腳爪肉墊裏的尖利的爪子暴露在空氣中。堅硬而鋒利的獅爪，好像一根根鋼筋。

帝奇（拿出卷尺測量）：比理想長度長

了一厘米。

帝奇拿出一把鉗子，開始給巴巴里金獅修剪獅爪。

剪下多餘部分，銼平獅爪的尖端，然後抹上保養油。

噠噠噠噠！

金獅的清理工作終於全部結束了！

清洗過的巴巴里金獅煥然一新，渾身金光閃閃。

帝奇（左看看，右看看，點頭）：很好，很完美！

帝奇：因為爪子的長短會影響到金獅的戰鬥狀態，所以在清洗的

THE SIXTH STEP

（帝奇的臥室）

清洗乾淨的巴巴里金獅趴在帝奇牀上睡覺。

帝奇拿着拖把，開始打掃一地細碎的毛。

帝奇：巴巴里金獅不喜歡睡在髒亂的環境裏，所以一定要保持房間的乾淨整潔！

布布路（恍然大悟）：四不像就挺喜歡我又髒又亂的臥室，難怪它那麼髒！

四不像（咬向布布路）：布魯！布魯！

時候絕對不能忽視！獅爪如果太長，會在激烈的戰鬥中折斷；如果太短，就不能給敵人足夠大的傷害。

布布路：還好四不像不需要用爪子攻擊別人！不過……難道我應該給它好好地洗牙嗎？

四不像（直搖頭）：布魯！布魯！布魯！

賽琳娜：難怪豆丁小子每天都早早地回房，原來還有這麼複雜的工作要做啊！

餃子：這下總該結束了吧？

帝奇（搖頭）：還有第六步！

布布路（一把抓住四不像，一本正經地）：從今天開始，我們也試試！走，我帶你回去洗澡！

四不像（死命掙扎）：布魯！布魯！布魯！

賽琳娜：呵呵，別看豆丁小子平時那麼酷，明明是超溺愛怪物的！

餃子點頭。

帝奇：時間到了，該給巴巴里金獅洗澡了。走吧，巴巴里！

乘風高飛，爭分奪秒地追求理想，前進吧，我們會在命運的因緣下相遇。

MONSTER MASTER
Especially written for kids aged 9-14

LEON IMAGE Author Introduction

未能述說的世界

【雷歐幻像小檔案】

- 本名：祕密
- 筆名：雷歐幻像
- 血型：B
- 身高：176cm
- 體重：不知道（據知情人士爆料：最近體重持續飆升中，快減肥吧！）
- 特長：發呆、裝傻
- 興趣：養小動物、看書

- 喜歡的食物：白米飯
- 喜歡的運動：睡覺（聽說這傢伙很懶）
- 愛看的書：多啦A夢、伊藤潤二的恐怖漫畫系列
- 代表作：「查理九世」系列、「怪物大師」系列

Special interview

Q01. 您寫「怪物大師」的初衷是甚麼呢？

我小時候的樂趣之一就是做夢，「查理九世」可以說是我的噩夢合集，裏面的內容都是小小的我害怕和好奇的東西，「怪物大師」則是我的美夢合集，如果說每個小孩子都有個英雄夢，我心中的英雄就是「怪物大師」。

Q02. 那您是否陷入過美夢與噩夢並存的狀態？意思是，當您面對需要同時進行「怪物大師」和「查理九世」創作的時候，您是如何協調的呢？

在美夢和噩夢之間，我被激發了新的靈感，另外，「查理九世」第一部

其實我早就寫完了，請讀者們慢慢期待……

Q03. 對於「怪物大師」中的角色，您有甚麼要說的嗎？

嗯……關於墨多多、堯婷婷、虎鯊和扶幽他們這個隊伍嘛，我覺得……啊！甚麼？「怪物大師」的主角不是他們嗎？那這部書的主角是誰？難道我穿越了嗎？

Q04. 用一句話形容「怪物大師」這部作品？

愛與夢想的冒險故事。:-D

Q05. 在寫書的過程中您最喜歡哪

LEON IMAGE 雷歐幻像 CHARLIE IX 查理九世的世界

個環節？

我只能説，我挺討厭寫書的，寫字打字
其實是一個體力活，我更加喜歡用想
的……我希望編輯部能派遣一個專門的
編輯給我，我説話他來記錄就好了。（工
作組的各位同事經常包容我的任性，真
是十分感謝大家）

Q06. 不寫文的時候您都幹甚麼？

甚麼都幹，我愛好挺廣泛的，拼拼模
型，打打遊戲，發發呆，餵餵社區裏面
的小貓，儘管我都不知道它們長甚麼樣
子，因為貓糧放在碗裏，小貓們都是半
夜來吃的，呃……其實我也不確定那些
貓糧真是小貓吃了。

Q07. 最近有甚麼願望？

我希望 Michael Jackson 能復活！好吧，
我知道這是不可能的，我也是如實回答
願望而已。

Q08. 最想要的東西是甚麼？

錢！甚麼？沒有！那好吧，可以的話請多
給我一些時間。

Q09. 您有甚麼特技嗎？

我的特技嘛……有很多，我最近在修煉
「如來神掌」……啪！啪！（擊出兩掌）

**Q10. 最後，有甚麼想對小讀者們說
的嗎？**

當你看到這段文字的時候，説明你已經
購買了這本書，我很欣慰地告訴你，你
做出了你人生一個非常正確的決定！你購
買了一本好書！恭喜你！

● ∙∙∙

【已出版作品】查理九世 · 墨多多謎境冒險系列

Comic Theater

「怪物大師」四格漫畫小劇場

！餃子面具下の疑惑

Comic：潘培輝 /Story：黃怡崢

編輯部特別獻禮『怪物大師』中鮮為人知的小番外小趣味！看完了不過癮！相信你懂的！

沒想到你們會請我吃飯呀，謝謝。

看你說的，我們不是伙伴嗎？

就是啊！

錢是我出的……

那我就不客氣咯！

快吃吧！這次要好好兒看看你隱藏在面具下的正面目，就不信你連吃飯也不把面具拿下來！

不好意思打擾下，請問三位還要點甚麼嗎？

啊？哦，我要一份這裏的招牌炒飯。

我和她一樣。

啊，我也是。

我吃飽了，多謝款待。

你也太快了吧？！

Monster Warcraft

「怪物對戰牌」使用說明書

! 基本資訊：單冊附贈 16 張卡牌。集齊 64 張即可開始遊戲。
遊戲人數：2 人　　遊戲時間：5—20 分鐘

人物牌：4 張　　怪物牌：12 張　　基本牌：34 張　　元素牌：10 張　　特殊物件牌：4 張

來場精彩的雙人對戰吧！洗牌開始！

GAME START 成為『怪物大師』就要憑實力！

【遊戲描述】

❶將人物牌洗混，玩家抽取 1 張人物牌，確定自己的人物血量值。（人物牌的組合技能在二人對戰時不適用）

❷將怪物牌洗混，玩家抽取 1 張怪物牌，確定自己所擁有的怪物。

將怪物牌置於人物牌的上面，露出當前的血量值。（扣減血量時，將怪物牌右移擋住被扣減的血量值）

❸將其餘的基本牌、元素晶石牌、特殊物件牌等洗混，作為牌堆放到桌上，玩家各摸 4 張牌作為起始手牌。

❹遊戲進行，確定先出牌的玩家從牌堆頂摸 2 張牌，使用 0 到任意張牌，加強自己的怪物或者攻擊他人的怪物。但必須遵守以下兩條規則：

◆每個出牌階段只能使用一次【攻擊】。

◆任何一個玩家面前的特殊物件區裏只能放 1 張特殊物件牌。

每使用 1 張牌，即執行該牌上的屬性提示，詳見牌上的說明。

遊戲牌使用過後均需放入棄牌堆。

❺在出牌階段，不想出或沒法出牌時，就進入棄牌階段。此時檢查玩家的手牌數是否超過當前的人物血量值（手牌上限等於當前的人物血量值），超過的手牌數需要放入棄牌堆。

❻回合結束，對手玩家摸牌繼續進行遊戲……直至一名玩家的血量值為 0（即死亡）。

❼判定的解釋：摸牌階段，對要進行判定的牌需要進行判定，翻開牌堆上的第一張牌，由這張牌的顏色來決定判定牌是否生效。

❽若遊戲未分出勝負，但牌堆的牌已經摸完，則重新將棄牌堆的牌洗混後，作為牌堆繼續使用。（還等甚麼，趕快開始試玩怪物對戰牌吧！）

今年我們班上最流行的就是怪物對戰牌遊戲了！

6

[怪物大師成長測試] 答案

Development test of monster masters

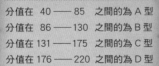

CREATE FROM LEON IMAGE

MONSTER MASTER

快看看屬於你的
怪物是甚麼樣子吧!

分值在 40 —— 85 之間的為 A 型

分值在 86 —— 130 之間的為 B 型

分值在 131 —— 175 之間的為 C 型

分值在 176 —— 220 之間的為 D 型

分值在 221 —— 265 之間的為 E 型

分值在 266 —— 310 之間的為 F 型

分值在 311 —— 360 之間的為 G 型

A 熱血型

適合怪物種類:火元素系怪物

關鍵字:熱情、單細胞、執着

你是一個樂觀向上的人,思想比較單純,不喜歡把事情想得太過複雜,為人熱情而且精力旺盛,對自己認定的事情會很執着。而且你的堅持能夠感染到周圍的人,成為一羣人的中心人物!

你的怪物初出茅廬已與你心意相通,並對你具備了百分百的忠誠度。它靈活好動,無比膽大,平日有點愛撒嬌,攻擊指數高於防守指數,喜歡一鼓作氣地將火噴射向敵方!但是這樣就會影響後續作戰,你最好多多培養一下它的持久力哦!

已公開怪物:焰角‧羅倫的「炎龍」、光頭大叔的怪物「爆石岩」等。

B 力量型

適合怪物種類:物質系怪物

關鍵字:義氣、豪爽、大度

你是一個重朋友、講義氣的人,堅持夢想,並且維護自己的信念,對於重視的人和事會毫不猶豫地保護。而且你性格很爽朗,不喜歡斤斤計較,因此深受周圍人的歡迎。不過,有時候你需要留意不要使自己顯得太強勢為好啊!

你的怪物外表看上去比較溫和,但它的行動速度超快,雖然理解能力有點擋不上你的節奏,可每次你一遇到危險,它就會立刻擋到你身前,身先士卒地保護你,都不用你指揮哦!只是你要注意它的個性非常認真,一旦你答應它的事就必須履行,不然它可是會生氣,並且長時間不理你呢!

已公開怪物:布布路的「四不像」、餃子的「藤條妖妖」、帝奇的「巴巴里金獅」、黑騎的「金剛狼」、圖蘇的「泰坦」巨人等。

C 智慧型

適合怪物種類:水元素系怪物

關鍵字:冷靜、思考、頭腦

你是一個很有頭腦的人,遇事冷靜,行動時有自己的節奏,通常會經過一番思考之後再做決定,屬於團隊中不可缺少的智囊型人物。不過有的時候,卻會因為考慮太多因素而錯失良機。

你的怪物有比較嚴重的潔癖,通常面無表情,而且相比與其他怪物或者人類在一起,它更喜歡親近自然。同時它的防禦指數極高,綜合能力也在剛孵化出來的怪物中數一數二,雖然其他人都對它感覺挺不理解的,你也時常覺得無法判斷它心裏的想法,但請不要放棄,因為它可能只是在發呆。建議你多買些泡澡劑討好它。

已公開怪物:賽琳娜的「水精靈」等。

D 保守型

適合怪物種類：土元素系怪物
關鍵字：權衡、謹慎、穩重

你的個性謹慎多疑，做事非常小心，從來不做沒準備的事，哪怕只是一個小小的測試，也一定會早早就開始複習，反正熱血、衝動都和你搭不上邊！俗話說有備無患，但人生中的意外何其多，建議你培養一下應付突發事件的能力。

你的怪物總是搞得灰頭土臉，讓你很傷腦筋，明明是為了提升它的能力才讓它練習挖坑，結果它不僅挖通了一條密道，還挖出了一座地下迷宮，你也不知道是要誇獎它好，還是和它具體解釋一下甚麼才是練習的意思……總之，它給人的感覺笨頭笨腦，又喜歡傻呵呵地笑，但它的心地十分善良，也十分正義。

已公開怪物：暫無。

F 創造型

適合怪物類型：超能系怪物
關鍵字：創新、獨特、另類

你是一個不走尋常路的人，你的創意很多，屬於團隊中的「點子」類型人物。一般來說，你的想法通常會讓人覺得很新奇，打破常規，不過有時候也會冒出一些超出常人能理解的怪異想法。

你的怪物小巧玲瓏，偏偏它還喜歡和你玩捉迷藏，稍不留心你就可能會壓到它、坐到它、踩到它，導致它扁成一張紙的薄度。在別人看來你的怪物很不起眼，還挺弱小，但小兵也能立大功，更何況它對偵查、監視很有一套，絕對是個好使喚的拍檔。

已公開怪物：白鷺的「一尾狐蝠」、科娜洛的「彩虹蝶舞」、假冒者的「千面妖蛾」、無主人的「噩夢藤」等。

E 和諧型

適合怪物種類：氣元素系怪物
關鍵字：回避、消極、中庸

你是一個很怕麻煩的人，信奉「不冒險、不蠻幹、不盲動」的「三不」原則，過着循規蹈矩的生活，通常是周圍人和長輩眼中的「好學生」。只是這種生活方式會不會有點太無趣呢？

你的怪物平時總是懶洋洋的，還不愛拿正眼看人，到了關鍵時刻就會變得威風凜凜，那口牙、那利爪、那風馳電掣的身影，你都不知道有多少人對此表示羨慕嫉妒恨，但你們之間的搭檔作戰真的很差，甚至你的某些消極想法會讓你的怪物提不起精神行動，這點你需要反省一下了。

已公開怪物：暫無。

G 高深莫測型

適合怪物類型：第五元素系怪物
關鍵字：縹緲、虛無、難以捉摸

你絕對是人羣中的異類，沒有人能夠瞭解你的想法，也沒有人能夠猜透你的行動方式，可以說，在大多數人眼中，你已經達到了「神」的級別。不過我要提醒你，神和魔只有一步之遙哦！

你的怪物擁有得天獨厚的資質，它和你一樣「滑」頭，你們在一起出任務總是會得到一個令人意外的結果，而這個結果旁人又很難評斷到底是好是壞。大多數時候，它都能瞭解你的想法，但大多數時候，它卻不會服從你的命令。嘿嘿，到底要怎麼駕馭好它，你不妨考慮下如何更「神」化或者「魔」化自己！

已公開怪物：十影王阿爾伯特的「禦刃」。

CREATE FROM LEON IMAGE
★ ★ ★ ★ ★

Staff
製作團隊

宋巍巍
Vivison
【總策劃】

趙　婷
Mimic
■ 執行

黃怡崢
Miya
■ 文字

崔　靜
C · J

孫　潔
Sue

孫　東
Sun
■ 插圖

周　婧
Qiaqia

張芝宇
Dorris
■ 色彩

潘培輝
Jing
■ 灰度

丁　果
Vin
■ 設計

CREATED BY LEON IMAGE
Love & Dreams
MONSTER MASTER

[雷歐幻像] 作品
LEON IMAGE WORKS

□ 責任編輯：郭子晴
□ 裝幀設計：高　林
□ 排　版：黎品先
□ 印　務：劉漢舉

怪物大師
——猩紅森林的守衛者

□
著者
雷歐幻像

□
出版
中華教育
香港北角英皇道 499 號北角工業大廈一樓 B
電話：(852) 2137 2338　傳真：(852) 2713 8202
電子郵件：info@chunghwabook.com.hk
網址：http://www.chunghwabook.com.hk

□
發行
香港聯合書刊物流有限公司
香港新界大埔汀麗路 36 號
中華商務印刷大廈 3 字樓
電話：(852) 2150 2100　傳真：(852) 2407 3062
電子郵件：info@suplogistics.com.hk

□
印刷
美雅印刷製本有限公司
香港觀塘榮業街 6 號 海濱工業大廈 4 樓 A 室

□
版次
2014 年 12 月第 1 版
2018 年 9 月第 1 版第 3 次印刷
© 2014 2018 中華教育

□
規格
大 32 開（210 mm×140 mm）

□
書號
ISBN：978-988-8310-64-7

本書經由接力出版社獨家授權繁體字版
在香港和澳門地區出版發行